阅美文

都是天空的孩子
每一朵云彩

向晚烟 著

西苑出版社
XIYUAN PUBLISHING HOUSE

图书在版编目（CIP）数据

每一朵云彩都是天空的孩子／向晚烟著．—北京：西苑出版社，2018.5
ISBN 978-7-5151-0681-6
Ⅰ.①每… Ⅱ.①向… Ⅲ.①故事—作品集—中国—当代 Ⅳ.①I247.81

中国版本图书馆 CIP 数据核字（2018）第 080870 号

每一朵云彩都是天空的孩子
MEI YIDUO YUNCAI DOUSHI TIANKONG DE HAIZI

出 品 人	赵 晖
责任编辑	汪 莉
责任印制	陈爱华
责任校对	刘 娟
书装设计	徐慧芳
出版发行	西苑出版社 XIYUAN PUBLISHING HOUSE
通讯地址	北京市朝阳区和平街 11 区 37 号楼　邮政编码：100013
电　　话	010－88636419　传真：010－84281520
	E－mail：xiyuanpub@163.com
印　　刷	北京文昌阁彩色印刷有限责任公司
经　　销	全国新华书店
开　　本	880×1230 毫米　1/32
字　　数	192 千字
印　　张	7.75
版　　次	2018 年 5 月第 1 版
印　　次	2018 年 5 月第 1 次印刷
书　　号	ISBN 978-7-5151-0681-6
定　　价	49.80 元

目 录

第二辑　送你一拘春光我的手

第三辑 愿风溯芒

第一辑

每一朵云彩都是天空的孩子

姥姥把自己丢了

城市的季节变化几乎是没有任何迹象的。姥姥的生命季节也是。

那天，我去厨房看饭煮好了没有，灶上的锅却不见了，蓝火苗开眉展眼地往上蹿。找半天，锅在姥姥的床底下。

那天，我去灶台拿洗菜盆，差点吐出来，姥姥的便盆和洗菜盆在灶台上并排放着。

妈妈带姥姥去医院做了全面检查。医生说，脑萎缩。

姥姥的脑萎缩就像那个深秋的天气，当你正坐在沙发里饕餮果农才从树上摘下的甜美的果实时，寒流说来就来了，来得让你猝不及防，如冷水浇头。

事实上，任何事情的发生都是有苗头的，或大或小，或许因为我们太繁忙，无暇顾及这些琐屑的变化。

我和妈妈陷入自责和苦痛里。

姥姥一定是生气了吧，因为对她的忽略，她开始“惩罚”我们了。

几天后，姥姥就要我们寸步不离地看守着了，她不记得回家的路了，甚至妈妈——她的女儿，她也不认得了。

姥姥卧室里有一个老式衣橱，一人多高，橱柜的一扇门就是一面大镜子，就像超市里的试衣镜。姥姥年轻时一定很爱美，每次试换衣服都要对着镜子细细打量一番，从发梢到鞋底。这面镜子也一定是姥姥的至爱。可是现在，姥姥连自己也不认得了，经常站在镜子前和镜子里的人吵架，看到镜子里的人对她凶，她吵得更凶。

妈妈找来一张大纸，糊在镜子上。从此，再也听不到姥姥吵架的声音了。可是，姥姥又开始围着衣橱转过来转过去，不时可劲儿晃动衣橱，一边晃一边嘟囔，跑哪去了？跑哪去了？姥姥把自己丢了。

我和妈妈心痛着，无奈着。

为了防止意外，妈妈想把衣橱搬走，姥姥又哭又闹，像小孩子撒泼。

自从姥姥得了这病，一向大方的她变得财迷起来，她屋子里的一针一线都动不得，否则她就和你闹个没完，一副要拼命的样子。

那天晚上，一家人围坐在一起看电视，当画面上出现了一个小女孩的镜头时，姥姥突然笑了，笑得那么恬然，那么幸福。

我灵机一动，找来一张妈妈小时候的照片，放大后贴在了姥姥衣橱门上。没想到，这张看上去像极了傻妞的照片，成了一家人的救星。姥姥安静下来，每天坐在衣橱前的沙发里，盯着母亲的照片看呀看，那么安详，安详得让人感动。月光下，一边望着摇篮里的宝宝，一边一遍又一遍地唱着催眠曲的母亲就是这个样子吧。

后来，姥姥被乡下的表舅接走了。表舅说，乡下空气好，再说，乡里乡亲的也好照应着。

表舅带姥姥走的时候，妈妈把她那张放大了的小时候的照片从衣橱上揭下来给了他，并嘱咐他说，把它贴在姥姥的卧室里。

今年春节，我让儿子陪妈妈一起去表舅家看望姥姥。回来时儿子对我说，太姥姥傻了，别人指着姥姥问太姥姥她是谁，太姥姥直摇头。太姥姥一个劲儿地盯着姥姥小时候的照片看，嘴里喊着姥姥的小名，一直喊，像老和尚念经。

我转眼看妈妈，她眼睛里蓄满了泪，一句话也不说。

丢失的金发簪

母亲坐在院子里剥玉米。我走过去。跟着，姐跑过来。

妈妈，明天就开学了，我和姐同时说。

母亲笑微微地说，放心吧，学费早就准备好了。

母亲把一棒光溜溜的玉米放进篮子，起身向堂屋走去。我和姐紧跟在后面，一边挤眉弄眼地笑。

我才要抬脚跨进门槛，母亲突然惊叫起来，好像踩着了一条蛇，不，仿佛被蛇咬了一口似的。我掉头就往外跑，身后却传来母亲严厉的声音，你们俩都过来。

原来，母亲放到木箱里的金发簪不见了。母亲说，金发簪是姥姥送给她的，也是我们的全部家底，没了金发簪，以后的生活就没了保障，万一有个……

母亲呜呜咽咽地哭起来。

母亲顾不得擦抹满脸的泪水，盯着我和姐的脸看过来看过去。母亲的目光第三次落到我脸上时，她说，谁拿了，赶快拿出来，再认个错就没事了。

我扭头看姐，姐怯生生、木呆呆的，一点儿小偷的迹象也没有。

窗台上的小黑猫忽而喵喵叫起来，母亲转过头去，说了声“滚”，然后就又把头转过来，盯着我和姐的脸看。

母亲的目光突然停在我身上，我连忙低下头去。

不说是吧，那好吧，你们俩谁也别想上学了，从明天起，都给我出去打工挣钱。

我脑子轰的一下，人差点儿晕倒。金发簪虽然不是我拿的，可是，如果不让我上学，我的天就塌了。我一把揪住姐的衣襟，大声说，再不把金发簪拿出来，以后我就不喊你姐了！说完，朝姐哼一声，就到母亲那边去了。

姐在我和母亲对面站着。我和母亲虎视眈眈地盯着姐的脸。

母亲叫着姐的小名说，金发簪是你拿的吗？姐点了一下头。我的心顿时放下来。可接着，我又无限后悔和难过起来。

为什么拿走金发簪的是姐呢？为什么姐偏偏把金发簪弄丢了？如果是我拿了金发簪，即便我把它弄丢了，只要我哭着跟母亲说几句好话，一准就没事儿。

可是，姐不行。

姐是父亲跟他的前妻生下的孩子。父亲曾跪着向母亲保证，若是姐惹母亲不高兴，就把她送走。母亲这才同意让姐走进这个家门的。

那年，姐七岁，我三岁。

在我心目中，姐比母亲对我还亲。每次有了好吃的，姐总是等我把自己的那份吃完了，再把她那份偷偷送给我，并嘱咐我不要告诉父亲和母亲。

母亲有事的时候，姐就接送我上学放学。

一天，上学时母亲让我和姐姐带着伞，我嫌碍事，没带。放学时，却下起了大雨。眼看着同学一个个陆续被家长接走，我急得眼泪都出来了。这时，突然看见姐举着伞朝我跑过来。

姐把伞塞到我手里，自己转身跑进雨里。

这样的事情，用个不恰当的比喻，不过是沧海一粟罢了。姐是上天派来保护我的小天使。

父亲去世后，姐对我更好了。

好在，母亲没有赶姐走。或许母亲一直没找着赶她走的理由。

我正思忖如何说服母亲，好让姐留下来，母亲突然说，承认错了就是好孩子。快去睡吧，明天早起上学。

第二天，母亲喊姐起床，看见床上放着一封信，上面写着，妈妈，我出去打工了，您和妹妹都不要找我。

那年，姐高三。我初三。

姐的班主任知道姐辍学的事情后，无比惋惜地说，我们全仗着她给学校争光哩。

从那以后，母亲再没为交学费的事情发愁了。我考上大学后，姐每月准时把钱寄到学校，一直到我大学毕业。

我结婚时，姐送给我一个红包作嫁礼。后来我才知道，那是姐打工的全部积蓄。

那年，姐三十岁，仍然单着。

姐三十三岁的时候，终于心有所属。母亲让我去木箱拿为姐准备的嫁妆钱时，呆住，那只金发簪好好在箱底躺着。

母亲把姐叫到面前，问为什么说是你拿了金发簪？

我，我怕您不让妹妹上学。

母亲一把将姐搂进怀里，泣不成声说，你咋就那么傻呢？

姐结婚那天，母亲把金发簪戴在姐头上。

后来，姐把金发簪给了我。我又把金发簪给了母亲。

后来的后来，母亲谁都不认得了，只认得那个金发簪。母亲每天把金发簪攥在手心里，望着它，一遍遍地问，你咋就那么傻呢……

算　卦

接母亲出院。

母亲和医生面对面坐着。医生打量了母亲一会儿，目光移到我脸上，说太瘦了，回去多增加些营养。

回到家，我拿来电子秤（千克），扶母亲上去，屏显：37.1。母亲和我个子一般高，我的屏显是53.3，谁见了都说我身材苗条。难怪扶母亲上楼时，仿佛拥着一团云，几乎感觉不出重量。

我央求母亲住下，她说最多住一个星期，你恁忙，我帮不上，还添乱。

送母亲回家时，我从超市买来一大堆补品，嘱咐她，赶紧吃，下个周末，我买几只甲鱼给你送去。母亲滋滋地直吸气，那得花多少钱呀？我说，身体好了，花再多钱都值。

一个星期后，回老家，拉开冰箱门，里面满满当当，每样都贴着我熟悉的标签。我嗔怪母亲是不是等到放坏了再吃。母亲一脸愁容地说，恁多，哪能吃得下？再说，平时白馍青菜吃惯了，感觉啥都没它吃着舒贴，往后，别再往家里胡买八买了，白白浪费钱。

母亲仿佛逆反的孩子，无论我怎么说劝，她依然我行我素，坚持吃她的白馍青菜。看着母亲瘦弱不堪的身体，我心疼不已却又无可奈何。

一天，和邻居孙姨说起母亲的事儿，我不由得抹起眼泪来。孙姨想了一下说，我教你个法子，一准灵验。

我踌躇一下，决定试试。

按照孙姨的嘱咐，趁个周末，我把母亲从老家接来，领她去广场玩儿。走到一个花园边，突然有个大妈朝我们摆手，示意我们过去。走近时发现，是摆卦摊的。

大妈把头上缠裹着的红丝巾朝下扒拉一下，露出两只眼睛和半截鼻梁。她让我伸出右手，然后抓起来看了一会儿说，你最近是不是常常感到头晕？我说是。大妈接着问，是不是看医生也不管用？我点点头。

大妈让我报出生辰八字，母亲冲口说出来。大妈闭起眼睛翕动嘴唇，老和尚般念念有词，却一个字也听不清。大约三四分钟后，大妈睁开眼睛，一脸凝重地说，闺女，按照卦上说的，最近你的身体会有一些小麻烦……

大姐，有没有法子破解？母亲急三火四地说。

大妈抬起眼皮，漫不经心地瞅母亲一眼，法子倒是有一个，只是……

啥法子？您赶快说，花多少钱都行。

得姑娘的母亲配合才行。

我就是我就是，我一定好好配合，您快说。

母亲两眼巴巴地望着大妈，急躁的样子，近乎失态。

姑娘，你这病因你母亲而起。你母亲身子骨是不是很弱，有小鬼附身，阴气扑到你身上来了。所以要让你母亲赶快把身体养胖了，小鬼自然就走了，你身上的阴气也就消散了。

大姐，吃什么才能胖得快？我附在母亲耳边说，这个我知道。

从那以后，母亲冰箱里再也没积压过东西了。我买什么，她吃什么，我买多少，她吃多少。有时甚至提前吃完了，打电话催着我去买。

不到一个月，母亲长到了八十一斤。母亲说，她还要接着吃，她要长到二百斤，看小鬼还敢欺负她妮了。

母亲长到我和一般重的时候，我把她塞给我的那个鼓囊囊的信封递到她手里，说，算卦的大妈说了，用我的钱买的东西您吃了才算数，您的不灵验。母亲迟疑一下，乖乖地接了过去。

我满怀感激地去向算卦的大妈道谢，并疑惑着说，孙姨，您编的故事一点儿不专业，像哄弄小孩子，我妈怎么就那么轻易……

孙姨笑笑，说，当妈的最听不得的，就是儿女的不好，哪怕有一星半点儿闪失，任哪个母亲都会惊慌失措，变成任人摆布的木偶。

终于理解母亲，为什么将那个被她视为命根子的金镏子白白送给一个认识不到一天却声称能为她女儿消灾祈福的骗子。

原来，母亲自从做了母亲，心便被女儿的喜怒哀乐所牵挂，变成为女儿的情绪或命运所操控的木偶。而这个木偶的角色，母亲永远也摆脱不掉，一生一世。

陪母亲住院的日子

要不是接到老家的电话，我仍然以为母亲是一架永不会停转的机器。

原来，母亲也是会生病的。不用说，生活中，母亲也有自己的酸甜苦辣，只是，我一无所知。

长大后，我很少坐下来陪母亲说会儿话。有时，母亲像小孩子似的跟在身后说这说那，我要么有一搭没一搭地回一句，要么索性不听。心里有事的时候，就回过头去吼她一句，母亲便不再吭声，坐在沙发里，不时偷偷拿眼睛瞄我，见我脸色稍好，就又跑过来，东一句西一句地絮叨开了。

二叔说，本来不打算告诉你的，可是，这次你母亲的病情很严重，话都不会说了，我担心万一……

放下电话，心里涌起无限内疚。在母亲深受病痛折磨的时候，她的女儿却在另一个城市，铺陈着自己的锦绣前程。

我决定好好陪陪母亲，搬到医院去住。

晚上，担心母亲睡不着，我坐在床沿陪她说话。可不大会儿，母亲指着旁边的小床，示意我去睡，自己打了个深深的哈欠。小时候，每天晚上母亲都坐在灯光下做针线活，一熬就是半夜。看来母亲真的老了，熬不起夜了。

我躺在床上，了无睡意。除了环境不适，更担心母亲。我拿过一本书随意翻着，一边支棱起耳朵注意着母亲的动静。不大会儿，却传来母亲轻微的鼾声。我正暗自惊讶，同病房的王姨小声对我说，咦？大姐（我母亲）从来不打呼噜的。

第二天早晨，王姨气嘟嘟地说，蚊子真多，咬得她几乎一夜没合眼。

我却睡得特别香甜，伸出胳膊，没有一丝儿蚊子咬过的痕迹。我问母亲被蚊子咬了没有，这时，王姐突然想说什么似的，却被母亲的目光制止了，接着，母亲半开玩笑地说，你王姨皮肤白嫩，所以蚊子才亲她。

在医院的这些天，母亲白天总爱睡觉。我问她怎么这么嗜睡，母亲笑着说，一切有你照应着，我啥事也不用想，多睡会儿觉养养身体。

出院的头一天晚上，或许因为兴奋，半夜，我突然醒了。恍惚觉得两条胳膊在我面前摆来摆去，耳边不时响着嗡嗡蚊声。猛不丁睁开眼睛，月光下，母亲的脸看上去那么柔和，那双望着我的眼睛里，是满满的慈爱和幸福。这熟悉的画面，让我想起多年前的一幕。

那年高考，头一天晚上，我翻来覆去睡不着。母亲坐在我的床沿，一边伸手拍打着蚊子，一边说，睡吧，不就是一次考试嘛，都经历了那么多了，这次万一发挥不好，不是还有下年，下下年嘛。母亲一边说，一边不时摩挲着我的头发，朦胧的月光把母亲的脸映衬得如此美丽温柔。在母亲的唠叨声中，我很快进入梦乡。第二天早晨睁开眼睛时，母亲仍然在我床边坐着，眼睛里布满血丝。

如今，母亲的眼睛不再清澈，里面的一道道血丝也暗淡了许多，但它们却散发出入心入肺的馨香，让黑夜里的蚊虫望而却步，却又那么刺眼，仿佛一枚枚尖针扎在我的心窝，浸满殷殷血迹。

这些日子和王姨朝夕相处，临走，心里竟有些许不舍。走到病房门口，我回头朝王姨笑笑，说，祝您早日康复。这时，王姨突然跑过来，情绪激动地对我说，你知道吗？你睡在医院的这些天，大姐都整夜整夜地给你打蚊子，几次我想要告诉你，大姐都不让，她说，要是你知道了，她就不能安心地疼爱你了。

母亲见我落在后面，说，妮，把包给我。一边返身走回来，一边把我手里最大的包拎了过去。

望着母亲吃力的样子，我泫然泪下，但，我没有过去争抢她手里的包。

我想让母亲用她最后的一丝力气，再安心地疼爱我一回。

如果苍耳会说话

周末。公园。

才在长椅里坐下，忽然噗的一声，一株青幽幽的植物落到脚边。是一株苍耳，上面结满刺扎扎的青球儿。

一个环卫工走过来，弯身拾起苍耳，就要往三轮车里放。我说把它给我吧。

环卫工很意外，侧转过身子，定定地朝我看。确定我是在和她说话后，脸上堆满笑，举着那株苍耳朝我走过来，一边说，要这干吗？然后在我旁边的长椅里坐下来，摆出一副洗耳恭听的样子。

我和她说起苍耳的故事。

小学毕业后，我考上一所重点中学，母亲比我还高兴，眼睛里闪着泪花儿。可母亲脸上的笑容很快就消失了。我知道，她是在为学费发愁。

母亲不知道从哪里打听到，苍耳的种子可以卖钱。从此她每天干完农活后，接着要走好几里的路到南边那块荒地里摘苍耳。常常，母亲从地里回来后，就快要到了上学的时间，后来，母亲就把苍耳整株整株拔下来，然后用草筐背回家，晚上再一粒儿一粒儿往下揪。

一天，写完作业后，我帮着母亲揪苍耳粒儿。不大会儿，衣服上头发上便粘满苍耳，它们好像偷偷爬上去似的，我一点儿不知道呢。于是涌出一个念头，心里不禁一阵窃喜。

第二天，上学的路上遇见小兰，趁她不注意，我将手心里攥着的一把苍耳撒到她头上。刚一走进教室，同学的目光便齐刷刷望向小兰，接着便是一阵哄笑声。小兰不知所措地站在那儿，低头瞅起自己的衣服和鞋子，接着又抬手擦抹鼻孔和嘴巴，当她的手触到肩膀上的辫梢时，突然发出一声尖叫，接着，一粒苍耳从她手里飞出，划了个漂亮的弧线，落到讲台上。同学笑得更欢。

我正哈腰抹泪地笑，小兰突然蹿到我面前，甩手将几粒苍耳扔到我脸上。虽然我知道自己不占理，但觉得小兰不该将苍耳往我脸上扔，为此我们两天没说话。后来，这件事情便成为我们总也说不够笑不完的糗事儿。

苍耳虽然看上去刺扎扎的，但它上面的刺很细，扎到皮肤上，丝丝的痒和痛会让人产生一种欢愉和兴奋的情绪。我和小兰消气以后，就开始扔苍耳玩儿，同学也纷纷加入，扔苍耳成为我和同学课前课后的娱乐方式。为了让自己能拥有更多的苍耳，同学都争相买我的账，让我赚足他们的温言和软语。

很快，家南那块荒地里的苍耳全被母亲薅光了，母亲就又开始到更远的地方去找。有一次，母亲在一块坡地上采摘苍耳，不小心从坡上滚下来。幸亏一棵大树挡住了母亲，才没滚到河沟里去。

这时我才知道，采摘苍耳对于母亲来说，是一件十分辛苦甚至危险的事情。望着母亲布满红斑点和血口子的手和手臂，我劝她以后不要去采摘苍耳了。母亲嗯啊着答应了，可是，几天后腿还没好利索，就又开始一草筐一草筐地往家背苍耳了。然而，从那以后，我再也没往学校带过苍耳了。

高中时，我搬到学生宿舍去住。

那是一个周末。或许是才离开家的缘故，几个因为离家远而回不了家的女生不约而同地说起自己的母亲。突然有人说，有照片吗？快拿出来，比比看谁的母亲最漂亮。话音未落，突然闯进来一个人，零乱的头发上粘着几粒苍耳。我正不知所措，邻铺突然扑哧笑起来。顿时，仿佛一壶开水劈头浇来，我感到脸上火辣辣地疼，一边在心里埋怨母亲，为什么不把头上的苍耳揪干净了再来。

好在母亲没看见我。不，母亲一定是看见我了的，要不她怎么能放心地把手里的一卷钱交给门口的女生呢？她却假装没看见，叫着我的名字说了声“麻烦你交给她吧”，然后转身走了。

我从窗子里偷偷望出去，一个瘦小的身影，急匆匆往前挪移着。或许身上的衣服太破旧了的缘故，或许因了那缕白发的映衬，黏附在母亲头发上的几粒苍耳看上去那么鲜艳，放着莹莹的光，刺疼着我的眼睛。

母亲的身影越来越小，最终消失在我的视线。然而，它却像一粒苍耳，从此黏附在我的血液里，生命里……

环卫大姐听完后一脸凝重地望着我，哦了一声，起身走了。

我痴痴地望着手里的苍耳，望着一粒粒青蒙蒙刺扎扎的椭圆形小球儿，心想，如果苍耳会说话，那么，它的言语是欢愉的，还是疼痛的呢？……

吱吱呀呀石碾声

老家打来电话，母亲摔着了。

望着窗外纷纷扬扬的雪花，我气咻咻地想，这次一定得给母亲点颜色看看，否则的话，她那两条腿就保不住了。

走进老家院子，二婶跑出来迎我。看来，母亲这次摔得不轻，不然的话，她早就一瘸一拐地出来了，从前她总是这样子的。我心里的火气更旺了。

婶子大娘们刚离开，我就板起脸说，您是不是要两条腿都摔断了才肯听劝？母亲的笑容一下僵在脸上。我接着说，即便您上辈子欠她家的，也早该还完了。见母亲仍然无动于衷，我加重语气说，您知不知道我忙得焦头烂额，您还跟着添乱……

母亲用歉疚的眼神看了我一眼，拍拍床沿，示意我坐过去。我是笔挺地站在母亲床前对她训话的，我觉得这样更能发挥训话的威力。母亲把目光移向窗棂，心绪仿佛飘向很远很远的地方，悠悠地说，你大娘年轻的时候没少帮了咱，尤其是每次推碾，她总是帮衬着，还支使几个孩子……

我知道母亲的话匣子被打开了。或许是母亲头上新添的白发打动了我，我耐心地听她絮叨下去。我突然难过起来，心想，如果天黑母亲仍然说不完，晚上我就和母亲睡一起，继续听她说，并做出一个决定，下个冬天，我来帮大娘扫雪。

我想起一件事，也是留存在我记忆里的唯一一件与推碾有关的事情。

那时，乡村里没有磨面机，要想把粮食磨成面粉，只有用石碾轧。所以推碾是生活中一项必不可少的事情，不推碾，就意味着没饭吃。一个星期至少要推一次碾，有时推两次，三次。可是，我对推碾的记忆，仿佛老电影里的一个快镜头，模糊而短暂。我失去了和母亲在石碾上的流光碎影，如今，随母亲一起漫步于吱吱呀呀的石碾声中，也算是给母亲的一种补偿，对我内心的一种救赎吧。

母亲突然问我，还记得那次跟我去推碾吗？

你那时才这么点儿。母亲伸出两只胳膊比画着，胳膊间的距离看上去不过两拃长，她说，你那么点儿，却考了全班第一名。第二天正好星期六，吃完清早饭，我让你跟着我去碾粮食。那天，我可赚足了面子，村里人见了都说，你有这闺女，推碾的日子就快熬到头喽。母亲突然停下不说了，一副沉醉的样子，仿佛走进让人心情愉悦的风景中，想要好好享受一会儿似的。

我正要起身离开，母亲仿佛自言自语地接着说，那时你那么点儿，干起活儿来却像个小大人，一会儿帮我拿簸箕，一会儿帮我筛面，扫面，小脸都累红了。

我连忙把脸转向别处，我说我有点儿口渴。话未出口，眼泪就掉了下来。

不知道是母亲忘记了，还是她记忆库里的东西是挑选着或者干脆凭着自己的想象存放进去的。那年我已上四年级，我早就从五妮那里知道了“推碾”这个词儿。五妮是大娘家的第五个女孩儿，比我大三天。每次我邀五妮周末一起玩游戏，五妮总说她得跟她娘推碾去。那天，当我听到母亲让我跟她一起碾粮食时，我高兴极了，我觉得推碾是一件比做游戏更有趣的事情。

母亲一手提着大半布袋粮食，另一只手，确切地说是另一只胳膊环着簸箕，簸箕里装着扫面的笤帚，筛面的箩，还有很多我说不上名儿的小家什。母亲走起路来东倒西歪，比蜗牛还慢。我想赶快推碾玩儿，于是要帮着母亲拿簸箕。母亲笑得跟花儿似的，说，等你长到跟簸箕一样高时再帮我拿。其实，那时我比簸箕高出半头还多。

当我随母亲走进四处漏风的破庙，我突然有点儿害怕起来。尤其那个像吃饱了的犟牛一样，腆着圆滚滚的大肚子卧在碾盘上的石滚，我使出全身力气，推了好几次，它动都不动。我对推碾的兴趣一下就没有了。我不由得打量起母亲，心想，她那么瘦小，一定是推得多了，犟牛便听它使唤了吧。

母亲把笤帚递到我手里，说，我推，你在后面扫。可是，我只扫了几下，觉得不好玩儿，便又央求着母亲筛面。当我发现筛面也是一件十分累人的活儿时，我就跑去和小伙伴儿玩了。从那以后，母亲再也没喊我和她一起碾粮食了。

后来，每当我从电视里看到圆滚而沉重的石碾，看到男人弓着身子推石碾时吃力的样子时，便想，那段靠推碾过活的漫长岁月，母亲是怎么一步步走过来的呢？要把半布袋粮食轧成细腻的面粉，母亲得碾几遍？得围着碾盘转几圈？脸上的汗珠得碎几瓣？还要不时停下来扫面，筛面……

是了，大娘一定是看不下去了，或者，大娘去推碾，看见母亲晕倒在石碾旁，哦，一定是这样的，所以，从此大娘便开始帮衬着母亲了。

如果只是大娘帮衬着，也许，后来大娘的五个女儿都远嫁，尤其大爷去世后，母亲便不会把侍候大娘当作义不容辞的事情了。大娘支使她的孩子们帮着母亲推碾，这份恩情，母亲觉得无论花多大的代价去回报都是值得的。哪怕每天帮大娘挑水洗衣、打扫庭院；哪怕顶着毒辣的阳光帮大娘锄地扛粮食；哪怕半夜起来为大娘请医拿药；哪怕忍着老寒腿的疼痛、爬到大娘家的屋顶上扫雪；哪怕从几米高的屋顶上掉下来……

母亲说，推石碾的时候，会发出一种吱吱呀呀的声音。

我坐在床沿上，把母亲的手放到我手里。屋子里很静，很静。但母亲和我一样，屏着气，仿佛在聆听一个遥远而飘渺的声音。是了，是石碾和老屋木门木窗棂发出的声音，吱吱呀呀，仿佛一支缠绵温婉的曲，在岁月的时空里，低回，缱绻……

老枣树下的斑驳流年

淅淅沥沥的秋雨，从晨落到暮。窗玻璃发出吧嗒吧嗒的声响，像极了老家院子里那棵老枣树上的红枣儿，落到地面的声音。

正是红枣上市的季节。老家院子里的老枣树上一定挂满圆滚滚紫溜溜的红枣了吧，被连绵的雨珠儿击落一地。树下有否拾枣的人？

从前，红枣成熟的季节，母亲便挎了一篮子红枣给我送来。不厌其烦地和我絮叨小时候打枣的事儿。如今，这样的情景，于我成了一种高不可攀的奢望和梦想。

母亲早就不记得那棵老枣树了。母亲连我也不记得了。

老枣树是否还记得我和母亲？哦，一定会的。如我，永远不会忘记母亲和老枣树。

我是老枣树看着长大的。除了母亲，我和老枣树最亲。每年燕子飞来的时候，我就围着老枣树转悠。终于看见青蒙蒙的芽儿了。终于开出黄莹莹的小花了。老枣树上长出一颗颗青粒儿的时候，我就闹着要母亲去够。母亲说，枣红了才好吃。

绿碧碧的枣儿终于有了红意，我找来一根长棍子递给母亲，拉着她来到老枣树下。母亲仰头朝树上望，忽而，举起棍子就打。落地的枣儿仿佛一只只欢蹦的兔子，满地撒欢。我小跑着来来回回追赶着去捡，心里浮泛着欢喜的泡泡。当我将一颗枣儿抓在手里时，快乐的泡泡便从心里溢出来，飘满一院子。墙根的狗尾巴花也在笑。

可是，才捡了几颗，母亲就停下不打了。母亲说，枣熟好了才好吃。等树上的枣儿全都变红的时候，母亲却又换了说法，得留着，过年时好给你蒸花糕吃。从此，红枣成了一道过年时才能吃到的美味。

然而，母亲也有破例的时候。

八岁那年，一天，放学后我一口气跑回家，哭闹着跟母亲要爸爸。母亲见哄弄不下，突然伸手打了我一巴掌。我更加起劲地哭喊起来。母亲把我按到怀里搂了一会儿，说，走，妈妈给你打枣吃。

那天，母亲的力气大得很，只一会儿工夫，树上的枣全都被她打光了，地上青蒙蒙一片。我抬头看母亲，她眼睛里湿润润的。

十三岁那年，红枣刚刚收获下来的季节。一天，同桌因为我阻止她上课吃东西，便告老师我拿了她的橡皮，还骂我是小偷。我向母亲哭诉一阵子后说，我不上学了。母亲伸手擦抹掉我脸上的泪水，牵起我的手来到老枣树下，递给我一根长木棍，说，使劲儿往树上打，气出来心里就不觉得憋屈了。

真的，我举起棍子噼里啪啦打了一阵子，心里感觉舒坦多了。可跟着，我嘤嘤哭起来，树被我打得光秃秃的了，地上落满树叶和树枝。我开始埋怨母亲，把枣树打坏了，就结不了枣了。母亲却笑微微地说，枣树越打越旺。

我想，这一定是母亲用来骗人的话。直到第二年秋天，一颗颗圆滚滚红艳艳的枣儿挂满老枣树，我才相信母亲的话是真的。

十七岁那年，我高考落榜。这是一个同老枣树上结了一只兔子一样让人震惊的消息。我抓起一根棍子，对着老枣树一通猛击，直到精疲力竭，瘫坐在地上。

不知道什么时候，突然被一阵冷风吹醒。这时我才发现，院子里已撒满月光。起身准备回屋，身上的毛毯掉落地上，弯身去拾，一眼看见母亲，坐在地上睡着了。顿时，我的眼泪吧嗒吧嗒掉下来。

一次次，我用打老枣树的办法，平息了心里的委屈和怨愤。但我不知道，当我拚命抽打老枣树的时候，母亲的心有多疼。

忽而觉得，母亲就是一棵老枣树，含辛茹苦，将我拉扯成人，我却因为生活中的风吹草动或种种不如意一次次向母亲哭诉和发泄，而每一次哭诉和发泄都会像刀子一样剜割着母亲的心。然而，越是这样的时候，母亲对我的爱就越浓烈，越茂盛。

后来，我离开了母亲，离开了那棵老枣树。然而，无论我到哪里，每年收枣的季节，母亲总会挎了一篮子红枣给我送来，不厌其烦地和我絮叨小时候打枣的事儿。这让我觉得，我从没离开过老枣树，就像从没离开过母亲一样。

夜深了。秋雨依然淅淅沥沥，窗玻璃发出啪啪哒哒的声响，像极了老家院子里那棵老枣树上的红枣儿，落到地面的声音。

伸手按灭台灯，叮嘱自己，睡吧，明天好去老家院落里，捡拾那一颗颗圆滚滚紫溜溜的红枣儿，以及像阳光一样散落一地的斑驳流年和味道。

母亲都会犯傻

儿子上学忘了带水壶，我去学校给他送。骑单车，大半个小时的路程。

是个流火的日子，又心急，到了学校，人早已变成一条干鱼。正要以自己的辛苦作为教育儿子好好学习的活素材时，儿子朝我扬扬手里的农夫山泉，脱口道，傻冒。

我并没有责怪儿子。多年前，我也对母亲说过同样的话。

那年，我上小学四年级。一天，吃完早饭，我背起书包就上学了。走到大门口，脸上忽而感到凉丝丝的。母亲小跑着追过来，递给我一个塑料布雨衣。我才要伸手去接，跟着又把手缩了回来。想起上次下雨，同桌打了一把花雨伞，引得全班同学都朝她看，她得意得跟公主似的。放学回到家，我闹着让母亲给我买一把花雨伞，母亲也答应了的，可是我一直没见着花雨伞的影儿。

母亲仿佛猜出我的心思，软和和地说，等秋天卖了棉花再买花雨伞。我生气跑了。母亲小跑着在后面追，一边唤着我的小名儿。

终于听不到了母亲的声息。我放慢脚步，望着一挂挂雨帘从天上垂下来，心里顿时感到一阵委屈，眼泪掉下来。

忽而，一把花雨伞飘进视线，我连忙躲进路边的那棵大树后面，我不想看到同桌得意扬扬的样子，更不想让同桌看见我落汤鸡似的狼狈相。花雨伞终于走远了，我才要从大树后面走出来，突然听见一个熟悉的声音叫我的小名儿，我拔腿就跑。

跑到学校大门口，我停了下来，衣服全都湿透了，同桌见了还不得笑话死？正不知所措，母亲跑过来，把我拉到一位女老师的办公室，然后从怀里拿出一套干衣服递给我，但没说话。

母亲只顾着一口一口喘粗气，没有了说话的力气。

我的心忽而疼了一下。然而，当我看见母亲接着从怀里掏出那件塑料布雨衣时，我心里突然蹿出一团火气，我板起脸说，您傻呀？揣着雨衣却白白挨雨淋。

像这样的傻事，母亲常常做。比如，五岁那年，有次晚上我发高烧，母亲带我去卫生室打了一针后我就睡觉了，母亲却抱了我一整夜，第二天，她的胳膊都抬不起来了。比如，我上大学那年，秋天，母亲坐了七八个小时的汽车，给我送了一兜枣窝窝。比如，有年春节，我打电话说好不回家过年了，母亲仍然做了一锅锅我爱吃的豆沙包、花糕、腊肉、腊肠等，年后又一锅锅往外扔。比如，单位晚上加班，明明告诉母亲我带着钥匙，她却仍然等我到半夜……每每此时，我脑海里就会涌出一个念头，母亲真傻。

然而，凡知晓母亲的人，都会用一个词儿来形容她，惠外秀中。而我，打小一直是父母和老师以及同学心目中的佼佼者。然而，自从做了母亲，便也常常做出像母亲犯下的那些低级的傻事来。

终于明白，犯傻，是因为爱得太投入，太用心，太急切，以至于爱的电流急剧上升，膨胀，从而引起大脑短路。犯傻，是母亲的通病，再聪慧的母亲也躲不过。

母亲的梦想

小学四年级的时候，一次作文课，语文老师家里有事，课暂由美术老师来代。

上课铃声一响，美术老师端着一盒花里胡哨的粉笔走上讲台，径直在黑板上写下一行字：妈妈的梦想。然后转过身来对大家说，这就是今天的作文题目。

同学们顿时哄笑起来。脸上的神情很是不屑。

美术老师突然指着我说，请你说一下，妈妈的梦想是什么？我从座位上站起来，想了一会儿，吭吭哧哧地说，我妈妈的梦想是——放寒假时，我能得一张奖状回家。

接下来，美术老师又分别问了几位同学，回答五花八门：我妈妈的梦想是希望我长得跟牛犊子一样壮实。我妈妈的梦想是巴望我家的小猪仔赶快长到200斤，卖了钱好给我交学费。我妈妈的梦想是，今年冬天，我千万别再咳嗽了。还有同学说，他们的妈妈只知道干活，没有梦想。

教室里又是一阵哄笑。

美术老师却一脸严肃，全用凝重的目光扫了一遍大家说，同学们，我给你们讲一个故事好不好？然后望向窗外，思绪仿佛飘向很远的地方。

她是一位母亲。

她长得一点儿不好看，甚至有几分丑陋，个子只有七八岁的孩子那么高。

她很早就没了丈夫。为了养活儿子，她每天骑着一辆脚蹬三轮四处叫喊着收破烂。后来，收破烂的钱已不够生活开支，她就开始挖钢筋。每天像男人一样拿铁锹，抡大锤。有的钢筋被埋在几层楼深的地方，男人们都放弃了，她却举着个大镢头，一点一点往下刨，直到把钢筋全部挖出来才罢休。在她眼里，一段钢筋就是一张票子或一枚钢镚，就是儿子的一碗饭，一件衣。

一天，回到家时已经大半夜了，她径直走进儿子房间，踮起脚尖去亲儿子的脸蛋儿。儿子醒了，睁开眼睛时突然吱一声哭叫起来。他看见一双泥乎乎，血汪汪的手。

地下的钢筋挖没后，她又去了工地，和男人一起搬砖，和泥。一百多斤的沙袋扛起来就走。

从前，每当听到别人夸她力气大，儿子总是自豪得不得了。随着年龄的增长，再听见这样的赞语，儿子便感觉不自在起来，仿佛一群蚂蚁在耳朵里，不，是在血液里，爬行，噬咬。

终于一天，儿子忍不住对她说，妈妈，您以后别干那么粗重的活了。她苦笑一下，粗重的活儿钱多，再说，除了粗活笨活，我干不了别的。

儿子心里忽而涌出一股怨怼和悲哀的情绪，我怎么摊上这样一个又笨又丑的妈妈？

考大学的时候，儿子报了自己喜欢的美术院校。她知道后，不但没有因为学费高而责怪儿子，反而显得异常激动似的。接到录取通知书那天，她从床底下那个破旧的木箱里拿出一个米黄色调色板，看上去古雅而润泽，年代一定很久远了。在儿子再三追问下，她才吞吞吐吐地说，调色板是她小时候用过的。

儿子惊得张大嘴巴，半天才说，您，喜欢画画？

她点点头。因为害羞，脸上飞上一朵红晕。那一刻，儿子觉得她好美，好美。

过了一会，美术老师仿佛自言自语着说，那时我才懂得，原来，我那又丑又笨的母亲也曾有过花样年华和五彩缤纷的梦想。

末了，美术老师意味深长地说，其实，每一个母亲都曾在自己的花季里编织过一个花一般美丽的梦想。但是，自从她做了母亲，那个美丽的梦想就被她忘得一干二净，或者尘封于心底。从此，她便在一个个黑白的日子里，用毕生的精力和血汗甚至生命，编织着儿女们绚丽多姿的梦想和未来。

原来，母亲的梦想便是——实现儿女们的梦想。

教室里鸦雀无声。我偷偷环顾同学，个个神情严肃而庄重。我想，他们定是和我一样，正伫立在时光的镜子前，开始重新审视那个日夜为自己操劳，却被自己忽略甚至藐视的母亲。此刻正凝神聆听一个声音——

母亲的梦想之花，在心底盛开的声音。

牵着母亲的手

母亲在电话里说，她去了我儿时念书的学校。稍停，接着念叨，小时候送你上学时一会儿就到了，如今路好像变长了，歇了几歇才走到。

母亲的话让我想起张小娴在《楼梯是长还是短》里的一句话：楼梯没有变长，是祖母变老了。

是的，不知道从哪天起，母亲说话开始啰里啰嗦，有时候才刚说完一件事，就又返回来从头再说。想着母亲的这些变化，心里仿佛有只蚂蚁在爬，在咬。

几天后的小长假，我取消了外出游玩的计划，决定和母亲一起度过。

担心母亲晕车，我借来一辆三轮车，骑着回老家接母亲。母亲担心累着我，说什么也不肯坐，直到听见我说“我整天待在办公室，人都快憋病了”，母亲才答应。

路上，母亲絮絮说起我小时候的糗事儿，把树上的鸟儿逗得叽叽喳喳，可它们哪里知道，母亲是拼尽了力气才把孩子拉扯大。母亲也忘了曾经的劳累和艰辛，仿佛欢快的鸟儿，在唠里唠叨中飞回年轻时光。

然而，母亲到底老了。看着马路上熙攘的车辆，母亲茫然不知所措，于是我挽了母亲的胳膊，把母亲的手放到我手里。母亲像孩子般望着我笑，眼角闪着莹莹的泪花，紧紧依偎着我，脚步踏实而沉稳。

我牵了母亲的手去广场，坐在石矶上，看燕子在头顶盘旋呢喃。我牵了母亲的手去小时候她带我游玩过的公园，坐在花池边，看小猴子跳上跳下。我牵了母亲的手去收藏馆，看缝纫机、炭火盆、织布机。我牵了母亲的手去戏园，听老戏瞎腔……

这些沉睡于岁月冰河的物什在母亲的摩挲和轻呼中苏醒，浮泛出一个又一个生动的日子，把母亲的心湖摇曳得波光潋滟。

几天的小长假很快就结束了，然而，我和母亲的旅行才刚刚开始。我要牵着母亲的手，去母亲冒雨等我放假归来的那个车站看看，去母亲半夜背我去医院的那条小土路上走走，去母亲出生的老屋坐坐，听那里的老人说说母亲小时候的事情。

母亲老了，视线里的风景一天天变得模糊起来，最终只剩下女儿。以后的日子，我会牵着母亲的手一起走。坐在阳光里，听母亲唠叨那些长满青苔的往事，看小孩子做游戏。或者，什么也不做，只牵着母亲的手，静静地享受每一寸温暖的时光。

亲情是条纵横交错的河

男人花光了家里所有积蓄，最终还是走了。

女人的生活从此从天堂掉到地上。她流着眼泪对女儿说，以后不许再要零花钱。

一天，女人接到一个电话，是一个苍老的声音。她说她要来女人这儿住几天。语气不容置疑。

女人抬头望着墙上男人的照片，心想，男人那么优秀，怎么会和那样的人家扯上瓜葛？

结婚的前一天，男人对女人说，我是三岁时被父母弄丢了的，找到时，我已经三十岁，母亲说，父亲几年前就走了……母亲不知怎么打听到咱们要结婚了，让人捎来两千……

当女人的目光落到男人手里那个脏兮兮的黑布包上，一个快步走到离男人几步之遥的地方，说，给他们还回去！

从此，他们和那家人彻底断了来往。

老太婆要来投靠我吗？女人的眼泪扑簌簌掉下来，她喃喃地对男人说，我都不知道要投靠谁呢。

然而，老太婆到底来了。

老太婆喊孙女儿帮她把黑布包白布包拿进屋。女人一把拽住冲到门口的女儿，女儿吓得连忙返回自己房间。老太婆将黑布包白布包拿进屋，然后，从白布包里掏出两张葱油饼，捏了捏，说，呦，还热乎着哩。

老太婆拿起一张饼递给女人。女人说，我晚上不吃东西的。老太婆愣了一秒，接着向孙女的房间走去。女人加重了语气说，别打扰她写作业。

老太婆猛地站住，沉默了一会儿，说，晚上俺就在外屋陪儿子。仿佛怕女人不同意似的，老太婆接着说，这比起俺找儿子时睡过的马路和桥洞强多了。

半夜时分，女人突然醒了，闻到一股浓烈的香味儿。女人悄悄下床，轻手轻脚走向客厅。女人猛不丁愣住，男人的遗像前点着两炷香，老太婆正蹲在遗像前，手里捧着一摞葱油饼，望着墙上的照片嘟囔，宝啊，这是你最爱吃的葱油饼，闻闻，香着哩，快吃……

女人返回卧室时，眼角湿漉漉的，她觉得老太婆比她还可怜。可是，只女儿就够自己供养的了，她实在没有能力养活老太婆。但她决定亲手给老太婆做一顿饭，也好对男人有个交待。

第二天，天还黑蒙蒙的，女人便起床，准备做饭。女人走进客厅，想问婆婆睡得好不好，却发现客厅里空荡荡的。女人挨个房间看了一遍，都没找见婆婆。再走进客厅时，忽而看见沙发上那个鼓鼓囊囊的黑布包。女人想，婆婆一定是走得急，忘了拿。女人拿起黑布包，想把它放到一边，有空时好给婆婆送去。

女人才拎起黑布包，忽而想起什么似的，她连忙一层一层解开。女人一下傻在那里，黑布包里装的全部是现金，三把大票，用红丝线捆扎得整整齐齐。剩下的，零零星星，还有几枚一毛的硬币和票子。

女人终于明白，原来，亲情是一条纵横交错的河，主流干涸了，支流仍然脉脉相连。

暑假，女人带着女儿一起去乡下看婆婆。村子里的人说，一个星期前，老太婆就走了。

女人顿时泪如泉涌……

记忆深处的路

我是一个从小就爱做梦的人。而自始至终氤氲心间的是大学梦。只有考上大学，才能走出那个闭塞的小村庄。为了这个梦，我少小离家求学。

学校里，老师经常谆谆教导我们：书山有路勤为径，学海无涯苦作舟。而那时真真切切让我吃尽苦头的却是从家乡到学校的那条曲曲拐拐坑坑洼洼疙疙瘩瘩的路。这样的路再配上“除了铃铛不响，哪儿都响”的自行车，一路走下来，骨头要散架，五脏六腑要出窍。如果刚吃完饭就上路，饭会顺原路溜出来。如果赶上下雨天，人扛车子是常有的事儿，当然能扛着车子走路的是男生或假小子女生，像我这样的纤弱女生只有哭鼻子抹眼泪的份儿。

1982 年我参加了高考，而且分数上了线。那时候，分数上线后再填报志愿。母亲说，让城里当局长的舅舅参谋着报吧，他见多识广。

去城里填报志愿的前一天，下了一夜的雨。

第二天一大早，母亲就带我上路了。我们一人推一辆自行车，母亲说，上了公路就能骑车了。

出了家门，我们就一脚踏进稀泥巴里。平时轻快如滑轮的两个车轱辘这时就像不上套的犟牲口，你拼命推它，它却死命打嘟噜。母亲说，淤泥糊住了车轮子，所以转不动了。母亲一边说一边找来一小片瓦往下刮车轱辘上的湿泥巴。别说，这个办法还真灵，泥巴被刮下来后，自行车推起来轻快多了。可是走不了几步，就又推不动了。母亲就又找了根小树枝一块一块往下刮。可是车轱辘上的淤泥就像冬天和小朋友滚雪球，越滚越大，越滚刮的间隔时间越短。原来十步一刮，慢慢的，八步一刮，五步一刮，甚至一步一刮。路上没有那么多现成的瓦片或树枝，母亲干脆用手一块一块往下抠。路走了不到一半，我“哇”地哭起来，一边哭一边回头去拾被淤泥粘掉的鞋。母亲看了我一会儿说，要不你先在这儿等着，我把这辆车子推上公路后再来接你。

母亲是怎样一步一步把她的那辆自行车弄上公路，又一步一步返回来，再一步一步把我的自行车推出泥泞的，我记不清了。事实上，当时我光顾气恼和委屈了，压根儿没去想母亲。但是，我和母亲走到公路上时的情景却永远留在我记忆的深处了。

刚走上公路，母亲一下子瘫坐在路边上，一边大口喘气一边伸手抠我那辆自行车车轱辘上的稀泥巴。这时，我看见母亲的头发一缕一缕粘在头皮上，脸上衣服上的泥水汗水像要把她淹没了似的。而让我吃惊的是，母亲竟然光着脚，左脚大拇指上的湿泥巴红艳艳的。母亲的脚被扎破了。可是母亲竟然没感觉到痛，至少她看上去是这样，只顾一块一块往下抠泥巴。自行车终于转动自如了，母亲朝我摆摆手，示意我先走。这时我才知道，母亲连说一句话的力气都没有了。

可是，当时少不更事的我硬要和母亲一起走。母亲两手撑地好像很吃力地站起来，走到旁边那个土房前，拿过后车座上夹着的鞋，穿上，抠下几块堵在车轱辘上的泥巴，我们便一起上路了。

走在公路上，我有想飞的冲动，自行车的车轱辘又变成了滑轮跑得飞快。可是，母亲看上去举步维艰，每蹬一下脚踏板，都要使出全身力气似的。有时我想，如果是现在，我们可以搭车去城里，母亲就不用受那份罪了，可那时，只有在城里的车站才能坐上汽车。我有时又想，即便那时有汽车，母亲也一定舍不得花钱。

志愿填完后没几天，我就接到了一所高校的录取通知书，如愿以偿地实现了儿时的大学梦。从此，便很少走家乡的淤泥路了。可是那条承载了我的泪水和母亲的血水的稀泥巴路常常出现在我的恶梦里。

20 世纪 90 年代，我恶梦中的那条稀泥巴路终于成为历史，成为永久的回忆。

后来，从老家到小城的路越修越多，越修越宽广，真的是条条大路通罗马了。

母亲说，现在走在街上，感觉好像走在城里，到处是公路。

从我居住的小城回老家，坐上车，几个钟头后下车，走三五步水泥路，再上几级水泥台阶，便能看到乡下老屋里的母亲了。母亲要是想女儿了，打开屋门，一边收拾东西一边朝路口摆摆手，便有车等她了，即便外面下着雨。

三十年过去了，从家乡到城里的路程没有变，变了的是路貌。如果说昨天的路曾留下我和母亲的艰辛和跋涉，那么，今天的路，拉近了我和母亲的距离，承载着我和母亲的幸福。

母亲的木箱

1978 年我 12 岁。

那时，滚铁环、丢手绢不再让我着迷，我喜欢摆弄母亲床头上的木箱。母亲总叫它柜子，其实就是一个木箱。

平时木箱是锁着的，这更增添了它的神秘性、诱惑力，像潘多拉的盒子。

那天放学后，我爬上母亲的床，伸出一根手指头去拨拉木箱上的锁。我喜欢看小铁锁荡秋千的样子，喜欢听它与木箱碰撞摩擦的声音，像马鸣，像撕帛，像遥远的梦。我惊奇地发现，锁是开着的。

打开木箱，里面有一件花洋布衬衫，一个印花被单，还有一个方纸盒，盒里是一双黑皮鞋。这些东西一定是母亲在城里上班时穿的用的。羡慕了一阵子，遐想了一阵子，把它们一一摆放在床上时，看见箱底有一个巴掌大的小镜子。拿出来看时，惊喜灌顶。

跑到院子里问正弯腰往猪盆里倒食的母亲，镜子里哪个是我？母亲说，傻孩子，那不是镜子，是相框，相框里的两张照片是姐姐的百日照。我问，我的照片呢？母亲说，姐姐的两张照片是住在城里时照的，后来家里发生了一些变故，母亲没顾得上带我去照。后来母亲带我们下乡，照相便成了想也不敢想的奢侈事儿。

不管母亲怎么解释，总觉得她是在找理由搪塞我。头天晚上刚听母亲讲过丑小鸭的故事，我觉得我就是母亲眼里的丑小鸭。

从那以后，我再也没动过母亲的木箱。

我上高中那年，姐姐结婚了。姐姐出嫁那天，正好是星期天。我早早起了床，寸步不离地服侍在姐姐左右，帮她梳头发、翻衣领。母亲过来了。我侧目看时，心往下沉了一下。除了那个相框，母亲把木箱里的东西都给了姐姐，还说，唉，妈没嫁妆陪送你。一边说一边抹眼睛，还嘱咐我快帮姐姐试试黑皮鞋是否合脚。我转身走了。

回到自己的屋子里，我越想越气，小时候不带我照相就算了，长大后总应该给点补偿吧，至少也该把那件花洋布衬衫留给我，穿上了，还不得把全村子人羡慕死。

姐姐为了等我，迟迟不肯上花车。母亲敲我的门，我朝门外喊，丑小鸭没资格参加公主的婚礼！

后来，听前院的五姐说，那天，姐姐在花车前等，母亲在花车前哭，最后，姐姐是被人硬抱进车里的。

随着年龄的增长，尤其20世纪90年代，我也结了婚，做了母亲，小时候对母亲的怨艾渐渐淡漠、消失，但母亲的木箱却被时间淤结成心中难解的结。每次回老家，目光无意中落到木箱上，心里总有一种别样的感觉，便急急逃开。

今年夏天，我回老家看望母亲。母亲没有像往常那样陪我扯东唠西，她有些神秘地招呼我走到她床前，我一眼看见了那个木箱。母亲一边打开木箱一边笑眯眯地望着我的脸。

不知道是母亲的笑触痛了我的眼睛，还是木箱里满满当当的东西戳痛了我的心，泪水无声地顺着面颊往下淌。木箱里，一卷一卷各色花样的粗棉布，是母亲经过播种、施肥、浇灌、除草灭虫、掐顶打尖、摘拾、弹轧等一道道工序后再一下一下纺织出来的。每一道工序，都渗透着母亲的心血。一双双千层底，是母亲清灯苦熬一针一针缝制的。这些年，在城里看多了几百块钱一双的皮鞋和奢华的床上用品，木箱里母亲的血汗之作显得那样古朴亲切，珍贵无比。母亲说，如今乡下人都不用粗布了，而它却成了城里人的稀罕物。母亲还说，柜子里的东西随我挑，挑剩下的再给姐姐。

当母亲像我当年一样把木箱里的东西一件一件都摆放在床上时，我看见箱底有一个尺寸几乎和木箱一样大小的裱着绿边的红色泡沫板。母亲说，这是让东家的小三用电脑弄的。怪不得母亲前段时间跟我要照片。

母亲一边把电脑合成的全家福拿给我看，一边说，你们都忙，来不及照，我就把你们的照片都搜集起来让小三用电脑弄了一张。小三说，等你们来了，看着满意再挂起来。

望着照片上最显眼位置上的我，母亲说，是她特意嘱咐小三把我放中间的。

我把目光从照片上的“我”移向母亲床头的木箱，木箱上的油漆已斑驳、脱落，看上去有些沧桑，一如当年活泼泼的女孩儿，三十年后已成波澜不惊的中年人，但不变的是，母亲深深的爱。

母亲输了

自从母亲搬到我这儿来住，就把我从“牢笼”里解脱了出来，我不仅再不用担心上班会迟到，天天还能吃上早饭。

在我的记忆里，母亲从来不睡懒觉。小时候，有时学校早晨有活动，我嘱咐母亲第二天别忘了喊我，无论有多早，母亲从来没忘过。如今，我不再用母亲喊我起床，清晨，母亲的咳嗽声比闹钟还准时。我起了床，洗漱完坐到饭桌前时，饭菜不热不凉正好吃，除了包子、煎鸡蛋等主食，还有一样一样母亲亲手腌制的小菜。

母亲的到来，让我重新感受到童年的幸福。

母亲对宝宝照顾得更是无微不至。啥时给宝宝喂饭喂水，啥时让宝宝撒尿，母亲都了如指掌。可是，我渐渐发现，母亲总是按照自己的老习惯带孩子，从来不讲科学，而且，母亲倔得很，任凭我说破嘴皮子，她却一如既往地坚持自己的做法，还振振有词地说，论文化她赶不上我，可是带孩子，她的经验可比我多多了。

最让我不能忍受的是，每次给宝宝喂米粥，母亲总是一边往米粥里一勺一勺地放糖，一边念叨着，宝宝真是有福气，你妈妈像你这么大时，连个糖粒都捞不着呢。每当我对她说，小孩子吃多了糖不好，母亲便说，那都是买不起糖的人瞎说的。看着母亲把一勺勺甜腻腻的大米粥喂进宝宝肚子里，我心里腻歪歪的。一天，我实在看不下去了，抢过母亲手里的碗，把粥倒掉后重新给宝宝盛了一碗，并对母亲说，以后我来喂他。

过了几天，母亲说，她想回老家看看。我送母亲去车站，上车时，母亲站在车门口，回头望着我，欲言又止。她坐到座位上后，又从窗子里探出头来对我说，“要是忙不过来，就给我打电话”。

母亲走后，我又陷入焦头烂额中。一天，宝宝发高烧，跟单位请假，领导训了我一顿不说，还说要扣我奖金。带宝宝从医院回来，看见邻居孙姨，我抹着泪说，要是我妈在就好了。孙姨说，其实你母亲是被你逼走的。

孙姨接着说，你整天唠叨她不会带孩子，她心里已经不是滋味，最后你又不让她喂孩子，她心里就更难受了，再说了，这里毕竟不是她自己的家。

孙姨的话仿佛一枚枚尖针扎在我心上，是啊，小时候，我常常嫌母亲做的饭不好吃，或买的衣服不好看，无论我怎么闹，她都不放到心上，甚至还拿我的无理取闹当乐子说给街坊邻居听。可如今，母亲老了，而且以“外人”的身份住在女儿家，她那颗心自然也变得格外敏感起来，生怕给女儿添麻烦，惹女儿不待见。

把宝宝哄睡后，我走到客厅准备给母亲打个电话，刚拿起手机，铃声就响了。母亲在电话里说，“妮，我想通了，还是你说得对，俺那喂孩子的老一套都过时了，明天一早我就搭车过去，往后，你说咋喂俺就咋喂，行不?”

电话那头，母亲不停地“喂”着。我捂紧话筒，任凭泪水滂沱而出。

在和儿女的较量中，父母永远是输家。

每一朵云彩都是天空的孩子

艾尔弗雷德终于来到繁华的纽约城。虽然他早已疲惫不堪，但此时，他心里却装着一个伟大的梦想：一定要成为像鲍文·埃文思那样优秀的钢琴家。

艾尔弗雷德是赌气从家里出来的。他从小酷爱音乐，母亲却让他像父亲那样，将来当一个农场主。为此，他和母亲大吵了一架，并暗自发誓，一定要向妈妈证明自己的音乐天赋。

艾尔弗雷德坐在一栋大厦的石阶上，他想在这里歇息一会儿，然后再去找一份工作，一边挣钱，一边学钢琴。这时，隐约传来一阵优美的钢琴声。艾尔弗雷德一个激灵从石阶上站起来，顺着声音来到旁边一个富丽堂皇的大厅前。但因为没有门票，被挡在门外。艾尔弗雷德便站在门外聆听。当他把脸贴到玻璃上望向大厅时，艾尔弗雷德几乎停止了呼吸。横幅上写着：著名钢琴家鲍文·埃文思音乐会。

鲍文·埃文思是艾尔弗雷德儿时就崇拜的偶像。

当熙攘的人群陆续走出大厅时，这个痴爱音乐的小伙子突然感到嗓子眼呼呼往外冒火，肚子也咕噜咕噜叫起来。艾尔弗雷德朝路边的饭摊上走去。当他吃饱喝足准备离开时，一位穿着考究的先生走了过来，并温和地对老太太说：“太太，我有一件事想求您帮忙。”

“先生，请问我能帮您做什么？”

“太太，您能不能搬到我家里去住？至于支付给您的报酬，您可以随便要。”

“先生，您是要雇用我做您的全职保姆吗？或者家里有不能动弹的病人要我照顾？哦，先生，我可不干。”

“不，太太，我想让您做我的母亲。”

艾尔弗雷德听了，忍不住抬头朝先生望了一眼，这是一位生活在上层社会的人物，但他的表情和他说话的语调一样温和，而且仿佛被一层淡淡的哀愁包裹着。或许和艾尔弗雷德一样，老太太也被这位先生吸引了，于是很有兴致地听他说下去。

先生把目光移向远方，仿佛自言自语地说，“有一个男孩，为了追求自己的梦想，十岁那年，从美国加州南部的一个小村落来到纽约学习音乐。每年他的生日以及圣诞节，男孩的母亲都捎信让他回家，他却当成了耳旁风。二十年后的一个秋天，男孩接到老家的电报，说他母亲病了，住在医院里靠氧气瓶维持最后的一线生命，母亲盼望最后能见他一面。可那时，男孩正准备参加一场音乐会，这场音乐会对他的艺术生涯起着至关重要的作用，犹豫再三，男孩放弃了回家看望母亲的念头。可是，当他顶着钢琴家和音乐家这些金灿灿的光环回到那个日思夜想的小村落时，迎接他的却是母亲留给他的一张字条：孩子，无论你将来做什么，你都是母亲最疼爱的孩子”。

先生把目光移向老太太说，“太太，您知道吗？那个男孩离家出走时跟母亲说的最后一句话是：成不了钢琴家，我就永远不回来。可是，当他实现了梦想再回来时，任凭他的呼唤声震动高山大川，他的母亲却再也听不到了。”

艾尔弗雷德和老太太抹抹眼角，接着听先生往下说。

“我刚刚举办完一场音乐会，可是，我却怎么也高兴不起来。太太，您知道吗？如今，我最大的梦想，就是每天回到家里能叫一声妈妈，然后和她一起坐在沙发里，静静地享受满屋的温馨。”

艾尔弗雷德鼓足勇气问，“先生，请问您是……”

“我叫鲍文·埃文思。”

著名音乐家鲍文·埃文思仍然絮絮地和老太太说着，艾尔弗雷德却悄悄离开了。

艾尔弗雷德走在黄昏的纽约大街上，头顶的一片火烧云，忽而白，忽而红，忽而厚，忽而薄，忽而肆无忌惮地东飘西荡，但，无论怎么变化，总也飘不出广袤的天空。

艾尔弗雷德看着看着，心里柔软极了，仿佛一朵朵云彩在心里悠然飘荡。他掏出手机，给妈妈打电话，他想说，“亲爱的妈妈，我永远飘不出您爱的天空”。

有炭火盆的冬天

一到冬天，我就会想起儿时的炭火盆。

小时候，当寒风吹得人抖起肩膀的时候，我就催着母亲烧炭火盆。母亲总说，再等等，下雪了就烧。

母亲是舍不得院子里的那堆花柴。

花柴，即棉花的秸杆。每年初冬，棉花进入凋零季节，母亲把枯萎的秸杆从土里一根一根拔出来，一捆一捆背回家，然后把残留在秸杆上的棉花一朵一朵揪干净后，再把光溜溜的秸杆堆到院墙边，最后用塑料布盖好，看起来仿佛一座小山兀然而立。我和小伙伴常常爬到上面玩打仗的游戏，并从柴垛上抽了花柴当武器。常常，花柴横七竖八散落一地，母亲总是一根一根捡起来再放回到柴垛上。

平时烧火做饭，母亲从来舍不得用花柴，有时赶上连阴天，没得烧了，母亲就抱了湿漉漉的豆秸或玉米秸等，常常火柴划了大半盒才引着火，浓烈的黑烟呛得母亲眼泪四溢，咳嗽声一声接着一声。

母亲说，花柴烧火盆最好了，就像她在城里工作时吃火锅的木炭，明火熄灭后，暗火却仿佛吸足了热量似的灼热不退，而且一丝儿黑烟都没有。

天空中飘下第一朵雪花，也许是雪粒的时候，母亲手里就捧着炭火盆了。母亲从柴垛上抽出一小堆花柴贴胸抱到厨房，引着后便开始烧火做饭。花柴烧完了，饭也熟了，这时，母亲拿过倚在灶墙边的铁钩或铁铲，把烧完的花柴从锅底扒到炭火盆里，然后把炭火盆拨拉到一块木板上，有时扯起衣角垫着炭火盆的沿儿，捧起来就往堂屋走。

雪花儿仿佛也喜欢炭火盆似的，纷纷扬扬从空中落下。树上，柴垛上，母亲的头发上白晶晶，暖烘烘的，从厨房到堂屋，留下一串浅浅弯弯的脚印，仿佛母亲笑望着我时月芽般的眼睛。

母亲把炭火盆放到被一种叫烘子的东西撑起的被窝里，然后开始喊吃饭。那时，我总觉得，花柴不但是烧炭火盆最好的原料，而且用它烧出的饭菜热量也足得很。母亲才掀开锅盖，一团热气仿佛攒足了劲的云雾噌地蹿出锅外，在屋子里撒欢儿。望着在朦胧的云雾里拾馍，盛菜，舀粥的母亲，便想，天宫中舒袖而舞的嫦娥就是这个样子的吧。

母亲终于刷完了碗筷，哈着手来到床边，这时，我早已钻进热腾腾的被窝，两只脚已经被烘烤得汗津津的了，我催着母亲把火盆从被窝里拿出来。母亲却笑着说，小馋猫儿，是不是想吃爆米花了。

那时便想，母亲是怎么知道我心里的想法的？后来才明白，母亲不但知道我的心事，很多时候，那些我尚未来得及想的事情，母亲却已经默默为它付出着了。

昏黄的灯光下，母亲用毛衣针或其他物什把覆盖在火盆上面的一层白灰扒开，霎时，红艳艳的火星儿仿佛萤火虫一闪一闪。我急慌着把母亲从玉米棒上搓下的黄珍珠一样的玉米粒儿撒到火盆里，再用灰埋上。

我伸长脖子，眼睛一眨不眨地巴望着炭火盆，仿佛白天观看马戏团的老虎表演，既想凑近看个仔细，又害怕被突然爆出的玉米花烫到。正忐忑着，只听噗的一声，一朵白晶晶，雪花儿一样的玉米花倏地从炭火盆里蹿出来，瞬间又不知去向。正低头找时，噗的又蹦出一朵，接着，噗噗噗的声音连绵于耳。随之，一朵朵玉米花仿佛窗外的雪花儿，洒落到桌子上，窗台上，茶杯里，也洒到我和母亲的鼻尖，嘴唇边，屋子里便飘荡着沁人肺腑的香味儿了。

月亮也闻到玉米花的香味儿了，趴到窗台，往里窥着。

我把最后几粒玉米花塞到嘴里后，开始打起哈欠。不知什么时候，七个小矮人跑过来，我们围着热烘烘的炭火盆，一边吃香喷喷的玉米花儿，一边听母亲讲故事。

儿时的冬天，因了炭火盆的陪伴而变得无限温暖和芬芳。

其实，人生也是这样。当走进生命的冬季，只要心怀希冀和向往，用积极乐观的态度去面对，就能找到温暖的炭火盆，并爆出一朵朵馨香的花儿。

母亲的疤痕

她是学校里的“校花”，却有一个极丑的母亲。一块和脸几乎一样大的疤痕，覆盖在母亲的脸上，仿佛戴了一个小丑面具。

她甚至怀疑自己不是母亲亲生的，这想法令她愧疚、不安，可是仍旧不能释怀。

一次，学校举行文艺晚会，她是主持人。七点钟，班主任宣布晚会开始后，她穿着一袭轻纱般的白色连衣裙，款款走上小礼堂的讲台，环视着台下一双双投向她的目光，忽然，她一下呆住了，她看到她的母亲正推门而入。

虽然母亲看上去刻意收拾了自己，甚至穿得很是洋气，可是一张脸，把一切都打破了。她飞快地给母亲使个眼色，示意母亲走开，可是，母亲并未领会她的意思，仍然一动不动地站在门口。她正要走过去把母亲支开，班主任突然说，请问您找谁？

母亲的手终于指向她。

她是怎么走下讲台的，她完全不记得了。但她永远忘不了，她手里的话筒落到地面上的情景，仿佛她的心，碎了一地。她哭着一口气跑回宿舍。

“妈只想来给你过个生日。”母亲拎着一盒蛋糕，像个做错了事的孩子，嗫嚅着说。可是她听不到母亲说话，耳边只有舍友们的窃窃私语，“原来她不是孤儿啊！”“啊？她怎么会有那么丑的妈妈啊？”

那一刻，她真想把蛋糕扔出去，她宁可让人家同情她是个孤儿。

终于熬到了高中毕业，马上就可以去外地上大学了，这让她有种如释重负的感觉。高考完，她正打算和同学去哪里游玩，父亲的一个电话让她如遭五雷轰顶。父亲说：“快回来吧，你妈不行了。”

放下电话，她就急急火火往家赶，终究还是晚了。

母亲静静地躺在床上，那块霸占了母亲整张脸的暗紫色的疤痕也元气大减，萎靡成一片苍白。

她歇斯底里地质问父亲，为什么不早给我打电话？父亲说，你妈怕打扰你学习，不让我告诉你。父亲拿出一封信，接着对她说，这是你妈写给你的，你看看吧。

她颤巍巍地展开信纸：

烟儿：

当你读到这封信的时候，母亲已经不在了，对你来说，或许是一种解脱，因为妈妈的丑终于可以不再让你难堪。是到了和你说出真相的时候了，正如你猜测的那样，我和你爸爸的确不是你的亲生父母，至于你的亲生父母是谁，我们也一直在寻找，始终没有结果。我要告诉你的是，妈妈年轻的时候啊，也是个文艺工作者呢，也有很多人夸妈妈长得漂亮。可是那场大火，彻底毁了妈妈的脸，不过妈妈一点都不后悔，因为在火海里，妈妈把你救了出来。原谅妈妈的自私，妈妈想做你永远的亲妈妈。可是，我内心越来越不安宁，所以，最终还是决定告诉你真相……

她跪在母亲床前，滂沱的泪水浸湿母亲脸上的那块疤痕。她忽而觉得那块疤痕那么美丽，胜过世间所有的花朵，只是她从来不懂得欣赏，就像她不知道自己有一个天下最美丽的母亲。

她想，自己才是母亲最大的疤痕吧，直到母亲去了，也没能让这块最大的疤痕痊愈。

一个未接来电有多重

同学在电话里说，晚上在 X 酒店为一个从国外回来探亲的同学接风，他马上开车来接我。

我刚下楼，手机就响了，是母亲。可我才按下接听键，手机就没电了，关机。我想，母亲每次打电话，总是絮叨些家长里短的琐屑事儿，过后我再打给她就是了。这样想着便顺手将手机装进挎包。

同学相见，总有说不完的话，斛筹交错间不知不觉子时已过。走出酒楼时，我不由得打了个寒战，在清冷的寒风里和同学道别，一边担心着能否打得着出租车。这时，恰好青让我和她做伴，她说她老公出差了。

来到青的家，已近两点，我早已困得睁不开眼睛，顾不得洗漱，径直走进青的卧室，躺倒就睡。当我再次睁开眼睛时，明晃晃的阳光已爬上帘幔。

青仍在酣睡之中。我下床后给她留了张纸条就悄悄离开了。

下了楼，才看见满街的雪，走在路上时脚下直打滑。我抬手叫过一辆招手停，弓身钻了进去。路过新华大街时，发生堵车，透过车窗，我隐约看见前面路口围着一群人，个个伸长脖子，仿佛围观什么似的。时间一分一秒地过去，围观的人越来越多。司机师傅回头招呼我一声就下车了。

不大会儿，师傅回来了，他说，寻人的，是一个乡下女人，手里还举着一张照片。说完，师傅抬头瞅了我一眼，可是，接着他又猛地抬起头来盯着我看。我下意识撩下一缕头发，以遮掩住额头上的那颗黑痣。师傅却接着“啊呀”了一声，二话不说，扯起我的胳膊就往前面的人群跑。我们跑到路口时，人群已陆续散去。一个警察架着一个花白头发的女人从我们身边一闪而过。

然而，当那只如紫萝卜一样红肿皲裂的手里举着的照片滑过我眼角时，我的心仿佛地上被众人踏得的积雪，瞬间一片狼藉。

母亲也猛地回过头来，拼命挣脱着警察的手，朝我奔来。

回到家，我拿了干的衣服和鞋给母亲换上，并嗔怪她说：“您怎么……”母亲说：“我拨通你的手机后，刚要说话，突然听见一声刺耳的汽车喇叭声，接着就关机，再打也不通了，我以为……”母亲一字一顿地接着说：“我连夜赶到城里，可是敲了半天你的门没人应，我转遍了小城，也打听不到你的消息……”

母亲不停地擦拭着脸上的泪水，一边把手里的照片重新放到包里。

这事之后，每次接到母亲的电话，我总是在第一时间接听或回复，哪怕我正忙着弄报表，哪怕我正给领导汇报工作，哪怕迎着白眼和猜疑跟人借手机。因为我知道，一个未接来电上悬挂着的，是母亲牵挂和担忧的心。

母亲的桃花

一到春天，我的心就开始变得不安分起来，孩子样鼓荡着想要去春游。可是，远的地方去不了，附近好玩的地方又都看过了，今年去哪里春游呢？正想间，手机响了，是母亲。

“院子里的桃花开了，可好看呢。”母亲的声音温软而甜腻，仿佛夭夭桃花，散发着明丽和芬芳。

母亲栽种桃花，缘于我女儿的一次哭闹。

几年前，父亲去世后，母亲便日渐垮了下去。于是我让母亲把老家的地租给别人去种，然后搬到我这儿来住。正值春天，母亲舍不得院里的那片菜园，说，等到秋天，收了这季菜再搬。

一天，母亲挎了一篮子荠菜给我们送来，一进门，正赶上女儿泪涕涟涟地闹着要我带她看桃花。我哄弄了半天，女儿仍然哭闹个不停，我一气之下打了她一巴掌。母亲一边摩挲着女儿被打红的小脸，一边说，就带孩子去看嘛。我顾不得整理脸上的表情，并用加重语气说，我哪儿有那闲工夫，再说，也不知道哪儿有桃花呀。

我正后悔自己语气生硬，却听见母亲顾自嘟哝起来，也是哈，近地方没有，远地儿又抽不出空儿。

一个星期后，我回老家看望母亲并准备把她接来，走进院子时，却看见母亲正抱着一捆小树苗往三轮车里装。母亲说，地不朝外租了，她打算用来种桃树。母亲是笑着说这话的，自从父亲去世后，这是我第一次看见她笑。于是，我便由着她了。

春天来了，接到母亲的电话，母亲用颤巍巍的声音说，桃花开了，快领孩子来看吧。当我走进记忆中的那片庄稼地，却看见一树一树或粉白，或艳红的桃花，嗅着馨香甜润的空气时，我终于懂了母亲脸上的笑容。桃花让母亲的爱有了寄托，给她的生活点燃起新的希望。女儿的小脸更是笑成一朵灿烂的桃花儿。

母亲毕竟岁数大了，身体越来越羸弱，她终于同意把地租了出去。可是，任凭我磨破嘴皮儿，母亲也舍不得离开那个院子，并在院子里栽种了几棵桃树。母亲说，虽然没有大片的桃花好看，但春天你们终归有个去处。后来，有一年春天，母亲给我说了一个秘密：父亲生前最喜爱桃花。

暑来寒去，老家院子里的桃花开了一季又一季，它不只让我和女儿春天有了去处，母亲的心亦是如此。哪怕雪花漫舞的日子，只要守望着这些桃树，母亲的心里便是一片“娇烂漫红，万枝丹彩”的美景和春色。

盛开在心田的芦苇花

单位大院门口往左，有个卖“野味”的，鱼、虾、泥鳅、野鸡蛋、野鸭蛋，还有其他鸟蛋。

卖野味的说，这些都是从芦苇坑里弄的，纯野味儿。

每当听到人们说，卖野味的可赚大了，无本生意。我心里总是隐隐作痛。

高三上学期，同桌买了个苹果 MP3，看着他每天嘚瑟的样子，我心里痒痒的。可我知道，开学时的学费是母亲跑到三十多里外的姨妈家借的。然而，想要一个苹果 MP3 的欲望仿佛春天茂盛的藤蔓，缠绕得我喘不过气来。

一个周末，我骑车回到家，鼓足勇气对母亲说，英语老师让买一个 MP3。

母亲不知道什么是 MP3，但她一听是老师让买的，仿佛接到军令状，问清价格后，说了声“好”，放下饭碗就出去了。下午我返校时，母亲把 1150 块钱装到一个方便袋里，系好口，然后把方便袋放到我衣兜里。接着，又从我兜里掏出来，把它放到我书包最里层的一个口袋里。并一遍遍嘱咐我，到了学校就赶紧交给老师。

又是一个周末。我上街买日用品，遇见同桌，戴着耳塞在学校大门口摇头晃脑，看见我，他说，想听吗？中午替我把饭买了，再替我……我连忙从脖子里掏出亮锃锃的MP3，朝他一晃，然后大摇大摆地从他身边走过去，一边想象着他瞪大眼睛望着我的样子，心里蜜甜。

空气里忽而飘荡起一股刺鼻的腥味儿，抬头，看见旁边的路口有个塑料盆，盆里装着大大小小小的“鸡蛋”，紧挨塑料盆，地上铺着一块塑料布，上面摆放着鱼、虾和泥鳅。

我捂紧鼻子快速离开，却忽而听到“便宜啦，大家快来买呀！”的叫卖声，这声音仿佛一块磁石，把我牢牢定在地上。惶恐地转过头去，真的是她，一身花花搭搭的校服，一双芦苇花编制的草鞋，鞋上磨破的地方露出缕缕花絮，就像她头顶花白的头发，被风吹得零乱不堪。顿时，MP3 里的声音变成一枚枚尖针，穿过耳膜，猛刺我的心肺。我一把揪下耳塞，转身跑了。

一场北风过后，我回家拿棉被，返校的路上，忽而想起母亲给我装的酱豆忘了带，于是折身回家。路过家后那片芦苇地，一个熟悉的身影一闪而过。或许是因为好奇，或许冥冥中有一根线牵引，我停下车子，向那个身影追过去。

虽然映入视线的只是一个背影，而且穿着皮裤和胶鞋，但我知道，是母亲。她正弯着佝偻的身子，双手在淤泥里抓捞着。灰白的头发仿佛一蓬芦苇花，在风中飘拂。

我转身悄然离开，蹬上车子就走了。一路上，脸上的泪水湿了又干，干了又湿。

接到大学录取通知书那天，我不经意问母亲，您是怎么想起卖鸟蛋的？母亲听了，显得十分慌张的样子，仿佛做了一件不可饶恕的事情，骄傲的目光突然暗淡下来，并开始四处躲藏。我连忙说，我是和您开玩笑的，一边嘻嘻笑着，泪水却悄然滑落。

以后，每年冬天，我都会去郊外看芦苇花。枯荒空旷的原野，只有一蓬一蓬的芦苇花，在贫瘠寒冷的沼泽里摇曳着妩媚的身姿，让大地变得温暖而俏丽。

母亲便是一株盛开在我心田的芦苇花！

“通话记录”里的陌生号码

没事的时候，我喜欢坐在阳台，有一下没一下地划拉手机，心里盘算着，该给谁打个电话聊聊家常。

我总是以这样的方式打发无聊时光，这也是我和亲朋好友保持联络的方式，已成为我多年的生活习惯。

当绵长的“通话记录”在眼前滑动，我忽而萌生出一个想法：给今年的通话记录作个统计总结。于是拿来纸笔，开始逐个查看。

最上面的是儿子的手机号码，昨天我才给他打过电话。自年初，我一共给儿子打了 43 个电话，儿子话头不多，至少和我说话的时候是这样，每次都是我东嘱咐西叮咛地说个没完。我嘱咐他时间最长的一次是 11 分 34 秒，那天，气温骤降，我打电话让他穿厚点，怕他不听，便不厌其烦地跟他讲起感冒对身体的危害以及可能引起的一系列后遗症等，直到儿子不耐烦地说“知道了”，随之挂断电话。

第二个是朋友娟。前几天，我打电话约她逛街。自年初，我们一共打了 19 个电话，时间最长的一次是 1 小时 59 分 2 秒。不用说，一定是说起她儿子的那次。晚饭后我正要下楼散步，娟打来电话，她用激动得发颤的声音说，她儿子出国留学了。接着，她给我说起她儿子小时候的事，从幼儿园一直说到上大学。

第三个是同学兰。两个星期前同学聚会，兰打电话通知我时间和地点。自年初，我们一共通过 11 次电话，时间最长的一次是 2 小时 55 分 3 秒。那天，兰告诉了我一个埋藏在她心底十几年的秘密。惊讶之余，我更多的是感动，感动于兰对我的信任，于是我怀了十二分的虔诚听她倾诉。

第四个是我的一个客户。上个月，我打电话向他推荐一款新的服务产品。自年初，我们一共打过 21 个电话，时间最长的一次是 3 小时 5 分 26 秒。那天，我出差在外，正赶班车，他打电话咨询我网上购买服务产品的事儿。他是个电脑盲，所以我只好从基本的电脑知识给他说起，直到他说，“要不，你回来再说吧”。挂了电话，已错过最后一辆班车，我步行几十里路赶到住处时，已是更阑人静。

我继续朝下划拉，一个个熟悉的号码和面庞渐次在眼前浮泛。快划拉到尽头时，忽而跳出一个陌生的号码。这个号码在“通话记录里”只出现过一次，是对方打来的。平时凡有骚扰电话，我一概即时删除，于是想，别是哪个重要人物，便试着拨了过去，不等我开口，手机那端传来一个熟悉的声音：妮……

我这才想起，老家的固话坏了，母亲担心我有急事找不到她，特意买了手机。母亲曾在电话里嘱咐我，别忘了把她的号码存到我手机里。那时，我等着给领导汇报工作，事后就忘了。那天，母亲和我说话的时间是 1 分 1 秒。

我有无限的时间和精力叮嘱儿子的冷暖，分享朋友的喜悦，聆听同学的倾诉，向客户推介业务，无聊地划拉手机，却忘了问一声最疼爱我的那个人，您好不好？有时候，儿女和父母的距离，就像手机里的“通话记录”，走的路程越长，离父母越远，甚而，把他们遗忘在路的那头。

母爱是一笔特殊的债

母亲为了供我上学，省吃俭用，一件红棉袄，从我记事起，一直到我上大学，仍然舍不得离身。

为了报答母亲的养育之恩，工作后，我把第一月的工资全部交给母亲。即便以后有了孩子，我也会定期给母亲寄些钱去。直到那年，一场官司，不仅花光了我所有的积蓄，而且工作也丢了，我再也没有能力给母亲寄钱，甚至连活下去的信心也没了。

这时，母亲来到我身边，把一个大信封交到我手里，里面是一叠钱，比我这些年加起来寄给她的还要多。

在母亲的精心呵护下，我的精神渐渐好转，可仍然看不到生活的希望和光明。一天，母亲递给我一个发黄的小本子，是我小学时的作文本。我不经意地翻着，当“我的理想”四个稚嫩的字映入眼帘时，心里微微颤动了一下，便读了下去，不知不觉中被曾经的激情所感染。

母亲说，那时你说长大后要当大作家呢，可一直忙着写作业，如今正好有时间了，要不写点儿什么吧。母亲的话仿佛一粒石子投进我的心湖，可是，只荡漾了一会儿便又一片寂然。

母亲也仿佛再也想不出让我振作起来的办法了，坐在我的床沿，沉默着，满脸愁容和无奈。过了一会儿，母亲突然板起面孔说，我白养你这么大，还没花过你一分钱，要是孝顺的话，就赶快起来去挣钱，也好让我在村子里风光风光。

母亲的话，让我既惊愕又内疚，是的，我欠母亲的实在太多，我不能背着一身债务和愧疚离开这个世界。我暗自发誓，一定用写文章的钱让母亲过上风光的好日子。我挣扎着从床上爬起来，并吃完了母亲做的那碗炸酱面，然后，开始上网码字。

半年后，我的文章终于发表。当我眉开眼笑地把那张写着“稿费”的取款通知单放到母亲手里时，母亲双手捧着，笑着，哭着，嘴里不住地嘟哝——我闺女终于活过来了。

望着母亲头上新添的白发，我知道，我又欠下母亲一笔债。然而，我终于懂了，母爱是一笔特殊的债，只需用自己的快乐和幸福去偿还。

一枚玩具戒指

同学川乔迁新居，邀请大家去他家小聚。

按照川的指点，我们来到小城的“富人区”。跨进川的家门时我们才知道，川比我们想象得要嗨得多，富丽堂皇的客厅让人恍然置身于星级宾馆，墙壁上的几幅名人字画更彰显出川的富有和儒雅。

我们正鸟儿般嘁喳着，川的母亲张姨推门进来。出乎大家意料的是，张姨虽然衣着整洁得体甚至有几许华丽，可外面却套着一件杏黄色马甲，尤其，当我看见她手里拎着的蛇皮袋子时，不禁想起上学时无意撞见她在大街上拾垃圾的情景。为避免尴尬，我正要说点什么，却听见川用赞叹的语气说，今天捡这么多。张姨听了，仿佛受到表扬的孩子，脸上满是欢喜。

张姨离开后，川严肃起面孔说，为了报答母亲，我让她住最好的房子，穿最名贵的衣服，吃最可口的饭菜，可她总是郁郁寡欢的样子，我劝她去广场跳舞或练剑，她都说没意思。一次，我带母亲去医院做检查，医生说，母亲是轻微的老年孤独症，只要多接触人并保持好心情，便会不治而愈。

一个周末，我带母亲去公园散心，一路上，她不停地和街上的环卫大妈们打招呼，那快活的神情，仿佛回到年轻时代。可过后，母亲就又蔫头耷脑的了。于是我用开玩笑的语气问她愿不愿意去扫大街。母亲听了，用不相信的目光望着我，那渴盼和惊喜的眼神，不容我不答应。

川说，让母亲做环卫工，是他这辈子做过的最有成就感的一件事，母亲的生活不但变得快乐充实起来，而且，她从中找到了自身存在的价值。

川让母亲扫大街，可谓是一片孝心，可是，这事如果传扬出去，他不怕影响自己的形象或生意吗？川或许猜出了大家的疑惑，他说，起初，母亲每天从外面回来，看见我，总是很害怕的样子，直到有一天，我无意发现她床底下的小木箱，打开看时，里面全是她捡拾来的小玩意儿。为了彻底消除母亲的顾虑和压力，我从木箱里挑出一枚戒指，并戴着它去上班。从那以后，母亲再也不躲避我了，每天回来的第一件事情便是和我一起分享她的“战利品”。

川把手上的那枚戒指伸给大家看。戒指闪着璀璨的白光，中间镶嵌着一粒幽蓝的宝石。然而，稍一留心，便能看出，这是一枚玩具戒指。

金碧辉煌的灯光下，川手上的那枚戒指看上去那么暗淡，甚至显出几分滑稽，然而，同学们望向它的目光却凝重严肃，敬佩之情溢于言表。于是想，川的生意伙伴，一定和我们一样，看到了镶嵌在戒指上的那颗璀璨夺目的孝心，和他签下一笔笔大单。

不敢赌

吃完早饭，他扛起锄头就出门了。

才走出不远，他就成了个雪人儿。他高兴地想，今天他们都待在家里喝小酒，如果运气好的话，兴许能挖到人参，这样，孩子一年的学费就不用愁了。

他搓搓手，不由得加快了脚步。

来到山脚下，他就一镢头一镢头地刨起来。突然当啷一声，他的手被震得麻酥酥的。该死的石头。他在心里骂了一句，然后往旁边挪了挪脚，他想要换个地儿。忽而瞥见土坑里有个尖角样的东西，怎么看也不像石头。他踌躇了一会儿，然后回过身来，一镢头刨下去，即时，一把锈迹斑斑的剑呈现在他的眼前。

他蹲在硬梆梆的土地上，用衣袖拂去剑上的湿土。他的心突然猛地抽动了一下，眼睛直勾勾地盯着剑上的字，直到雪花儿把字淹没了，他才连忙伸出手去，把剑从土坑里捧出来，抚去上面的雪，放在怀里揣了一会儿，然后，扛起镢头就回家了。

走到家门口，忽而听到儿子的声音，妈妈，我考了 100

分。他猛然停住脚步，按按怀里的剑，正犹豫着要不要进去，儿子突然跑过来，把手里的考卷举到他眼前，一脸兴奋地望着他。他漫不经心地斜了一眼考卷，接着把目光移向儿子，面孔严肃地说，爸爸问你个问题，你一定得说实话。

告诉爸爸，你为什么学习这么用功？

为了让您和妈妈以后天天都能吃上肉。

要是爸爸现在给你变出很多很多钱来，你还会这么用功吗？

儿子想了一会儿，摇摇头。他急忙问为什么，儿子说，我同桌家里很有钱，他就不爱学习。

他仿佛仍然不死心似的，继续说，儿子，你和他不一样，你从小就爱学习，你再好好想想，假如咱家也有很多钱，你能和现在一样用功吗？

儿子翻瞪着眼皮想了一会儿，小声咕哝，不知道。

这以后，他仍然每天去山上寻找过活的东西。仍然奢盼着能挖到人参。

终于等来儿子的大学录取通知书。这时，他已经是一个佝偻体弱的老人。他哆嗦着嘴唇说，明天我和你一起去工地。说完，开始一声接一声地咳嗽起来。

爸爸，您怎么干得了那么重的活？

儿子去抽屉里给他拿止咳药，抽屉里却空荡荡的。儿子生气地喊，您怎么又忘了买药？他咕哝一下嘴，什么也没说，心里却暖和和的，儿子长大了，知道心疼他了。他用温和的声音对儿子说，我就给你们做做饭，权当和你做个伴儿。说完，拿起菜刀就往蛇皮袋子里装。

当儿子的目光不经意落到菜刀上，确切地说，是当儿子看到菜刀上刻印着的字时，仿佛被电流击了一下似的，接着伸手抢过他手里的菜刀，直勾勾地盯着上面的字，这把剑，不，这把刀……

一向口齿伶俐的儿子突然语无伦次起来。

他说，嗯，它原本是一把剑，我把它打制成了一把菜刀。

可是，您知道它……

知道。

您……

他走到西墙边的老枣树下，坐在长条板凳上，并示意儿子过去坐在他旁边。他给儿子讲了一个故事。

从前有个小男孩，家里很穷，但他和你一样，发誓好好学习，长大后好让父母过上好日子。男孩十岁那年，台湾的二爷爷发来电报，让男孩的父亲去办理财产继承手续。

后来，男孩的父亲用这笔钱开了个公司，男孩家过上了人上人的生活，男孩从此再也不愿意学习了，常常和一些有钱人家的孩子在一起比吃比穿。

后来，父亲的公司倒闭，男孩家又和从前一样穷了，可这时，男孩已成了孩子的父亲，为了养活一家老小，他只好拼命干活，即便大雪天，他也得上山找吃的，并奢望能挖到人参，好给孩子交学费。

他从儿子手里拿过那把菜刀，对泪眼盈盈的儿子说，孩子，爸爸对不起你，可是，我不敢拿你的前程，或者说，我不敢拿你那颗积极上进的心打赌呀，即便它是一把价值上百万的青龙剑。

父母不是棋子

父母退休后，他们商量好，先去双方的老家住一阵，然后，就待在家里过安静的生活。父亲说，他想报个班学拉二胡。母亲说，她在家里绣十字绣。

父母的老家都在山区，破破烂烂的老院坐落在荒寂的山脚下，我不想让他们去受罪。再说，母亲忙碌了一辈子，连省城都没去过，我想让父亲带她出去看看外面的世界。经不住我软磨硬泡，他们终于答应去旅游。

旅游路线我颇花了一番心思。冬天去香格里拉，丽江，大理，西双版纳，泸沽湖。夏天，九寨沟，张家界，承德避暑山庄，青海湖，长白山都是很好的去处。我甚至依据父母的喜好，把他们逛商场和景点的时间都错落有致地安排妥帖。

两年下来，国内有名的景点父母几乎都逛遍了。接下来我开始给他们安排海外游。父母一听，吓得仿佛要他们去坐牢似的，态度坚决而一致，不去！我想，父母年岁大了，外面的世界对他们不再那么有吸引力也在情理之中，或许，过安静的日子才是他们最想要的，于是就随了他们的心愿，心想，平时多回去陪陪他们，也算是一种尽孝的方式吧。

从此，我隔三岔五往父母家跑，每次不是送吃的，就是买穿的。节假日更是形影不离地黏在他们身边，嘘寒问暖，无微不至。正当我沉浸于孝敬父母的幸福中时，发生了一件我意想不到的事情。

那是一个风柔日暖的日子，碰巧我歇班，于是心血来潮，一大早我去超市买来一大堆烧烤食材和工具，准备和父母一起去野炊。为了给父母一个惊喜，电话没打，我就径直坐上了回老家的班车。进了院子，我蹑手蹑脚往屋子里走，刚要伸手推门，突然听见父母正你一句我一句地说着什么。

可是，怎么和女儿说呢？

跟自家闺女还磨叽什么，直接说呗。

不行，那样她会以为我们是去山沟里受罪，她不会同意的。

嗯，那……

我屏住呼吸，继续往下听。父亲长叹了一口气，唉，这孩子，她哪里知道，我们无法过自己喜欢的生活，而是像棋子一样被她走来走去才是活受罪呢。母亲附和道，最要命的，我们心里再难受，在她面前也得装作特别开心的样子，唉……

我不知道我是如何走出家门的。出了村子，平复好情绪后，我拨通了母亲的电话：“妈，单位派我外出学习，至少半年才能回来，有事记得给我打电话。”母亲在电话里嘱咐完“要照顾好自己”后，换上一种轻松的语气说：“放心吧，我和你爸又不是小孩子，我们会过得很幸福。”

挂了电话，我仿佛看到父母相视而笑的样子，为他们不再是被我安排走来走去的棋子。

母亲从老家来了以后

母亲从老家来，顾不得休息，一进家门就开始系围裙，一边说，中午包我最喜欢吃的猪肉大葱水饺。

母亲很快和好了面，可调馅时，发现家里没葱了。母亲说，去邻居家借几棵吧。我瞅了母亲一眼说，你以为是在乡下啊，邻居长什么样儿我都不知道呢。母亲脸上显出惊讶的神色，一边问，才搬来的新邻居吗？我说，打我搬来那天他们就在呢。望着母亲越发惊讶的目光，我接着说，这里都这样儿。说完，便下楼去买。

当我掂着一把葱兴冲冲跨进家门时，却看见母亲正忙着捏水饺，而且，拍子上已经摆了一长溜包好的水饺。不等我问，母亲说，她从邻居家拿了几棵葱。我难为情地说，你去还给他们吧。一边把手里的葱往母亲手里递。母亲笑着嗔怪我："傻孩子，就这么还回去会薄感情的。"

"可是，就这么欠着人家，我心里也不舒服呀。"

母亲见我不高兴，接着说，这事不用我管了，由她来还。我嘴上不好再说什么，可心里不禁担心起来，母亲把乡下的那一套搬到这儿来，会惹得左邻右舍不高兴的。

一天，我下班回到家，却看不到了饭桌上热腾腾的饭菜。等我做好了饭，母亲才回来。一连几天，都是这样。我忍不住问母亲干嘛去了，母亲说，替邻居接孩子去了。我听了，心里忍不住一阵埋怨，几棵大葱，竟要用如此大的代价去偿还，何苦呢？但我张口说，明天还要去接吗？母亲说，看情况呗，需要的话就去。

母亲说好在我这儿住一冬天的，但老家打来电话，说邻居大娘家添了孙子，要母亲回去喝满月酒。老家离这儿有一百多里路，而且母亲晕车厉害，于是我劝母亲在电话里祝贺一下就行了，没必要为这点儿小事来回折腾。母亲却说，不回去，大娘会失落的。

正要送母亲去车站，突然有人敲门。母亲慌忙去开，一边把人迎进屋，原来是对门邻居。邻居大姐拉着母亲的手说，婶，这些天多亏了您帮忙，要不俺真不知道该咋办呢。原来，这些天，邻居大姐的丈夫出差了，她生意上又离不开人，没人接送孩子上学放学，母亲知道后，便主动把这活儿揽了过来。

邻居大姐非要把手里拎着的两只烤鸭送给母亲，并说，自家做的，权当母亲免费替她做个广告。临走，她笑着对我说，以后家里用什么，吱一声就行。

去车站的路上，母亲说，城里人和乡下人都是人，心都是肉长的，都有愁事和喜事儿。今天你帮我一把，明天我助你一程，今天你给我捧个人场，明天我给你捧个钱场，和和乐乐，亲如一家，多好。这样，远方的亲人也放心呢。

原来，母亲的“借”与“还”，与债权和债务无关，而是在人与人之间搭建起了一条美丽而温暖的心桥，有了它，感动和温情便在心灵与心灵之间汩汩流淌了。

盛一朵云回家

她是一个孝顺的女孩。每次回老家，都是大包小包，里面装满价格昂贵的吃食和服装。虽然她过得并不富裕。

后来，单位破产，她没了工作，房租总是一拖再拖。从此，她便很少回老家。

一天，她刚从外面回来，手机响了，是母亲。母亲从来不在这个时间给她打电话，是不是家里发生了什么事？她哆嗦着手按下接听键，才叫了一声妈，就听见母亲说，知道你好好的，我就放心了。

挂了电话，她才想起，已经半年多没回老家了，母亲一定是想她了。

可是，工作仍然没有着落，她连几十块钱一箱的牛奶都买不起，更别说高档礼品了。她越想心里越赌得慌，扯起一件外套就出门了。不知不觉来到公园，她坐在一条长椅上发呆。不大会儿，一个男孩拉着妈妈的手跑过来，坐在她旁边。男孩突然仰起小脸说，妈妈快看，天上的那朵云彩多像一只大绵羊，还有那朵，像冰激凌，那朵像小鸡，那朵像……

男孩的话仿佛一根长长的藤蔓，把她的思绪牵回到那个山清水秀的小村庄。那时，每到周末，她就闹着跟母亲下地。其实她什么都不会干，但地头边有一个林场，林场里种满苹果树、桃树、梨树、柿子树，还有草莓、葡萄和甜瓜。路上，母亲嘱咐她，见了看林场的爷爷嘴巴甜点儿。

母亲的话真是灵验，她连喊了几声爷爷，就换来一大堆好吃的。她坐在地头边吃了个肚儿圆，然后就抬起头来看天上的云彩，一朵，两朵……数着数着就睡着了。再睁开眼睛时，红彤彤的太阳挂在西边，云彩都被映红了。她高兴地拍着手跳啊跳的，一边朝母亲喊，妈妈快来看，那朵像骏马，那朵像小兔子，那朵像……母亲听了，不去看天，目光在她脸上移来移去，柔和和，暖洋洋的，她想，天上的云彩一定也是这样的吧。然后，牵了母亲的手，蹦跳着回家。

男孩突然从妈妈手里拿过小水壶，跟着撒腿向河边跑去，然后，蹲在水边，捧起水就往水壶里装。妈妈走过去，问男孩，干什么呢？男孩说，妈妈，我想盛一朵云回家。妈妈跟着也弯下身去，和男孩一起往水壶里捧起水来。他们捧着，笑着，水里的云彩漾起一波波欢乐的纹儿。

不知不觉，她的心也在清碧的柔波里荡漾着了。她忽而懂了，没有什么比孩子的幸福更让母亲幸福的了。

她抬头望向天际，红彤彤的云彩一朵一朵，像老家田里的棉花一样柔软，温暖。她想，只要带着一颗温润欢畅的心回家，母亲见了，一定会比任何一件贵重的礼物更高兴。她回头往河边瞅了一眼，夕阳下，妈妈正牵了男孩的手，回家，灿烂的笑容，和云彩一样柔和，美轮美奂。

花 雨

晚间，倚靠在床头，看书。

隐约传来隆隆的声音。许是楼上人家的动静吧，抑或对面建筑工地上的声响。这样想着，便又低下头去，读书。

忽而传来“唰唰唰”的声音。望向阳台，玻璃窗上凝满晶莹的水珠儿。哦，下雨了。

小时候，每每听到隆隆的声音，便问母亲，是雷吗？母亲摇摇头，开大山的，石头从山顶上滚落下来的声音。我听了，惶恐的心顿时安静下来，并发起呆来，思绪飘向遥远的地方，那里有山，山上有很多人，都在撬石头。

可是，他们花那么大的力气撬石头干什么呢？母亲说，盖房子呀。可我们的房子是用砖垒的呀。怕母亲嫌我啰唆，没敢说出口。不大会儿，院子里便飘起雨丝。

一晃眼的工夫，那个爱胡思乱想的黄毛丫头已经老了，再也不怕雷声了。现在想来，那时，母亲多半是担心我怕雷才编出开山的话哄骗我的。

滴答滴答的声音，仿佛一支动听的曲子，在耳边萦萦绕绕。扔掉书本，听雨。听着听着，眼皮开始往下沉。

雨越下越大，都潲到门里来了。我蜷缩在门槛旁，等母亲。

君儿，醒醒，咱们到床上去睡，君儿，君儿……

迷迷糊糊听到母亲叫我的小名儿，一声接一声。奶奶说过，小孩子睡着了，一定得不停声地叫他的名字抱回到床上，不然的话，魂儿会丢在外面的。

母亲的手湿漉漉的，头发上的雨水一滴一滴落到我脸上，凉嗖嗖的，像清凉油。我的困意顿时消失得无影无踪。我睁着圆溜溜的眼睛问母亲，妈妈，您咋才来?

母亲把我放下来，用毛巾擦干我脸上的雨水，又拿来姐姐的大衣披到我身上，然后举起湿漉漉的袖子抹了一把脸上的雨水，就去柜里拨拉衣服，一边说，我去咱家菜园了，把菜籽撒了进去，也撒了你们爱吃的甜瓜籽。

我急急地说，妈妈，明天就能吃到甜瓜了吗?母亲转过身来拍一下我的头，傻孩子，这些瓜啊菜啊的，和你一样，得天天吃饭喝水才能慢慢长大。今天趁着下雨，我抢先把它们撒进园子，让它们美美地喝个饱，好长得快。

可是，馋虫已经从我肚子里爬了出来，口水不停地朝外溢。这时，母亲已经换上干衣服，她把我揽在怀里说，来，妈妈教你唱歌。“滴答滴答下雨了。麦苗说，下吧下吧，我要长大……”

我们正唱得起劲，姐姐放学回来，书包都顾不得摘，就朝我们做个手势，示意我们停唱。然后清清嗓子，字正腔圆地说，下一个节目，女声大合唱，伴奏，花雨。姐姐报完幕，我们仨便一起唱起来。“滴答滴答下雨了。麦苗说，下吧下吧，我要长大。小树说，下吧下吧，我要发芽……”屋檐下的雨滴，见缝插针地在耳边叮叮咚咚。

那是一个周末。我跟母亲去家前的菜园摘菜。一路上，我眼前晃动的都是甜瓜的影子，怕母亲骂我小馋猫，所以没敢说出来。来到菜园，母亲便开始忙活，我在地头边追蝴蝶，捉蜻蜓，逮蚂蚱。玩得累了，走到母亲身边，闹着要回家。母亲转过身来，递给我一把豆角，让我放到地头边的篮子里。我不去，母亲便说，听话，待会儿领你去摘大甜瓜。

我顿时来了精神，挎着篮子，寸步不离地跟在母亲身后，母亲往前挪几步，我就连忙把菜篮往前移几步，把篮子口对着母亲摘菜的手。母亲一会儿放进去几个青辣椒，一会儿放进去一个紫溜溜的茄子，红艳艳的西红柿。

母亲忽而掐了几朵小花递到我手里，红的，粉的，蓝的，黄的。我把花儿戴在头发上，耳朵上，问母亲像不像花仙子。母亲说，花仙子哪有俺妮儿长得俊哩。

几声鸟啼落入耳窝。不知道什么时候，一片明晃晃的阳光悄然爬上窗台。我起身走上阳台，看见对面墙根边的园子里，翠碧缤纷，眼睛便也被浸洇得绿蒙蒙的了，心里漾起一圈圈欢愉的纹儿。

或许因了墙根边的菜园和母亲有着某种瓜葛，我对它仿佛有一种特别的亲近感。每次走过，我都会放慢脚步。或者停下来，细细观赏。常常，看着看着，眼前便恍惚起来，思绪飘向那个遥远的村庄，飘向那个种着甜瓜的菜园。心里便暖融融的了。

有年春天，天空飘着蒙蒙细雨，母亲从老家来，带来一捆葱。担心吃不完坏掉，母亲顾不得换掉湿淋淋的衣服，抱着一捆葱就下楼了，她在大院的墙根边开辟了巴掌大的一片地，把葱栽了进去，碰着谁就说，想吃就过来拔。从此，每天去墙根边拔葱的人络绎不绝，但他们都只拔一棵，两棵，图的是那份新鲜和喜悦。

后来，母亲又在墙根边撒下丝瓜籽，接着便陆续有人撒下菠菜籽，油菜籽，萝卜籽……菜园越来越长，里面的品种越来越多，园子也越来越有样儿了。

墙根边的菜园没有主人。或者说，大院里每个人都是菜园的主人。大家你一把，我一捧，你一株，我一棵，把种子或苗儿以及心中的企盼撒播到泥土里。春去春回，菜园收获的不仅是一茬茬甜美的果蔬，更有小院人一串串欢声和笑语。而我收获的，又多出一份美好而温馨的回忆。

翠碧缤纷的园子，仿佛一幅美丽的风景画，镶嵌在天宇之间。望着翩然而舞的蜂儿，蝶儿，蜷曲了一个冬季的心蓦地悸动起来。

想起一句诗，草木本有心。是了，我和窗外的花草树木一样，在桃红柳绿的季节里萌动，生长。而滋润我生命的，是母亲源源不断的爱。这爱，亦如窗外的花雨呀，纤纤绵绵，落地无声。

父亲是手举相机的那个人

整理衣柜的时候，她看见那本巴掌大的影集。她几乎把它忘记了。

她打开影集，坐在床沿儿上，一页页翻看起来。

儿子走过来，看着她专注而陶醉的样子，好奇地凑过去。看到影集里的照片，儿子脸上露出惊喜的表情，伸手拿过她手里的影集，快速往后翻。翻到最后一页，儿子奇怪地说，怎么都是您和姥姥的，姥爷呢？

她一愣，然后笑着说，他举着相机给我和姥姥照相啊。

儿子把影集还给她就走了。她心里却不平静起来。要不是儿子问她“姥爷呢”，她几乎把他给忘了。

她开始在脑海里打捞有关他的记忆。

她五岁那年，他从部队复员回家。那是她第一次见他。她正在胡同里和小伙伴儿翻花绳，他和妈妈肩并肩走过来。他伸出手来就要抱她。她连忙躲到母亲身后，小声问，他是谁？母亲说，快叫爸爸。他说，不急，慢慢来。

她十岁那年，跟母亲去二十多里以外的镇上赶集。母亲骑一辆自行车，她坐在后座上。回来的时候，突然下起大雨。母亲往四周看了看，发现路边有个破厂房，她和母亲便走进去避雨。

雨越下越大。望着泥泞不堪的土路，她和母亲又急又怕。不大会，他突然出现在面前，他把手里的两个雨披分别给她和母亲穿上，说了句“走着回去吧”，然后扛起自行车就冲进了雨里。

她上大学那年，她让母亲送她，他说他也去。说完，提起行礼就往外走。他跑东跑西为她办理完入学手续，带她和母亲去饭店吃饭，点了她和母亲爱吃的菜。吃完了饭，他接着带她和母亲去公园玩儿。当他拿出相机要给她和母亲拍照时，她小声问母亲，他有相机？母亲说，相机是他用戒烟的钱买的。

母亲还说，他说回去后他就把那份不景气的工作辞了，然后出去打工，好让她在大学里生活得好一点儿。

他举着相机，给她和母亲拍了一张又一张。从公园出来的时候，走到最后一道门口，他突然把母亲叫住并把手里的相机递给母亲，给母亲讲了一些拍摄的要领后，他就走到她身边，让母亲给他俩拍张合影。母亲拍了好几次，没拍成。他往四周望了望，然后摆手招呼旁边的一个小伙子，让他帮忙给拍一张。他才站到她身边，一滴雨点突然落到她脸上。她说了句“下雨了”，然后就跑到母亲身边，催着回旅馆。

这便是她和父亲在一起的全部记忆了。甚至父亲走的那天，她都没能陪在他身边。

她终于明白，父亲，就是手举相机的那个人，把最美丽的景色和快乐全部抓拍进去，自己却永远走不进迤逦妖娆的画面。

爱如月光

天下没有不散的宴席。这句话，有时候，用来形容一个人所拥有的幸福也不无贴切。

兰是我的好姐妹。大学一毕业，就分配到一家机关单位，接着嫁了一个有钱有样而且疼爱她的老公。结婚后的第二年，生下一个宝贝女儿。小日子过得有滋有味。

可是，随着孩子的成长，兰发现女儿越来越不对劲儿，她总是一个人玩儿，从来不和人交流。兰和先生带着女儿跑遍了各大医院，最终被确诊为孤僻症。他们花光家里所有的积蓄，也未能治好女儿的病。不久，老公的公司又破产了。

听说兰的事情后，我的心一天到晚揪着，兰从小就过着“人上人”的生活，结婚后又被老公孩子似的宠着，我担心兰能不能熬过这个坎。几次想去看她，可一想到她骄傲的性格，担心会刺激到她，便放弃了。

从前，兰三天两头给我打电话，自从女儿被诊断为孤僻症，她一次也没联系过我。

一天，迷迷糊糊中，突然被一阵急促的音乐铃声惊醒，是兰。时间显示，凌晨一点半。望着手机上那个有些许眼生的号码，我对自己说，兰本就细腻，经过这场磨难，她的心一定变得更加敏感，而且我们这么久没联系了，说话一定要注意措辞和语气。

按下接听键，不等开口，手机里便传来一个仿佛被喜悦撑爆了的声音，要不是后来这个激动的声音稍微平复了些，我压根听不出是兰。我的心一下悬到嗓子眼儿，兰疯掉了吗？

兰继续在手机里笑，笑得无遮无拦，笑得没心没肺。

手机里忽而传来嘤嘤的哭泣声。我的心紧跟着猛地颤动了一下，兰真的疯掉了。

兰突然说，我女儿会喊妈妈了，声音颤巍巍的。显然听得出，兰是压抑着激动的情绪才说出这句话的。我舒了口气。

兰接着给我说了给女儿治病的经过。

她和老公跑遍全国各大医院，咨询了无数专家学者，得到的最满意的答复是：如果能长期不懈地坚持训练，症状或许可以得到一点点改善。

正是这句模棱两可甚至抑或只是劝慰他们的话语，却让兰看到无限希望和光明。从医院回来，兰便辞去了挚爱的工作，在家专心陪女儿训练。还要承受从“挥金如土”到“惜金如命”的痛苦蜕变，以及潮水般涌到家门的债主们的斥责甚至谩骂。

几年来，她几乎和所有的人都失去了联系，包括她最信任的朋友和最亲近的家人。以致外面传言，兰和女儿一样，也患了孤僻症。

兰说，当“妈妈”两个字从女儿的小嘴里迸进我的耳朵时，我觉得整个世界都亮了。末了，兰有些许歉意地说，对不起，这么晚打搅你，可是，我实在是太高兴了。

电话那端突然沉默下来。我知道，兰一定又在抹眼泪，幸福的眼泪。

我小心翼翼地说，公司怎么样了？兰仿佛没听见似的，她接着说，知道吗？我现在是全天下最幸福最富有的人。

兰絮叨着女儿喊妈妈时的幸福感受。我把手机放到枕边，眯眼听着。

一汪月光趴在窗台，莹莹烁烁。忽而觉得，这束黑夜里的光芒，像极了兰对女儿的爱，映照着她度过一个个苦楚难熬的日子，让黑暗而漫长的时光变得如水般明净，柔软。

爱的证据

打小母亲就不待见我。

我偷偷观察过，母亲和姐姐都是大眼睛，双眼皮，而我的眼睛细长，且是单眼皮。

我心里涌出一个可怕的念头。

那天，放学后，我让母亲给我买一个和姐姐一样的红发卡，母亲不但不答应，还骂我小屁孩儿。我生气地跑出家门。

我正坐在教室后面的河沿上发呆，突然听见有人叫我。是姐姐的同学小兰。小兰气呼呼地走到我面前，你姐什么脾气？踢沙包输了就生气，都是你妈给宠的。小兰突然弯下身子，用一根手指戳着我的眉头，看你，老实得像个木墩子，是一个妈生的吗你们？

小兰的话仿佛一阵凄厉的秋风，我那颗原本不堪一击的心，顿时被吹得七零八落。天完全黑下来了，我起身准备回家，眼泪却不禁掉下来。虽然母亲不待见我，可是，我仍然不希望她是我的后妈。

走出几步，我又返身跑回来，重新坐回到河沿上。我想收集母亲不是后妈的证据。我对自己说，我数到一百，如果母亲仍然不来找我，就证明她是后妈。

数到九十五的时候，我的眼泪又掉下来。我开始拖长了声音往下数，九——十——六，九——十——七，九——十——八，九——十——九，一——百。

我心里失落极了，捡起地上的一片落叶，眼泪哗哗往外淌，我觉得我就是一片没有去处的树叶儿。一阵风吹来，我不由得打了个寒噤。望着树梢上的月牙儿，我想，再给自己一次收集证据的机会，如果母亲真的是后妈，我就离家出走。

忽而扑通一声，一条小鱼儿跃出水面，接着便倏然消逝。看着一漾一漾的水面，我灵机一动，伸手褪掉脚上的鞋子，一只放到河边，另一只举手扔到了河里。然后，撒腿向旁边的小树林跑去。

树林里黑黢黢的，并发出哗啦哗啦的声音，我有点儿害怕。但我咬牙走了进去。不大会，就听见母亲一声接一声叫我的小名儿。我连忙屏住呼吸，一边在心里数着，1，2，3……我想数到100，不，数到50我就出去。突然，夜空里爆出一个歇斯底里的声音，接着“扑通”一声巨响，仿佛午夜的一道霹雳和闪电。要不是迸裂的声音里爆出我的小名儿，我压根听不出是母亲。

我想冲出去喊人救母亲，可是，我的两条腿哆嗦得走不了路了。村子里的人嘁喳着纷纷涌向河边。前院大娘走过来，看见我，拽起我就往河边跑。我想问大娘母亲会不会被淹死，我却哇一声哭起来。

母亲在医院住了一个多星期才回家。看着她更加瘦削的面容，我心里内疚极了。那天恰逢国庆节，我用积攒的零花钱买来几张彩纸，制作了一张卡片送给母亲。母亲从我手里接过卡片时，眼睛里湿润润的，接着，一把将我搂进怀里。

听着母亲的心跳，我想，虽然我仍然不知道我是不是母亲亲生的，但我再也不想收集她不是后妈的证据了。母亲跳进冰冷刺骨的河水里，用自己的生命为我开立了一张爱的证据，这是天下最真的爱，足以温暖我的一生。

吃不完的西瓜酱

回老家。

母亲照例忙得脚不沾地。烹，煮，炖，炸，弄了满满当当一大桌。

母亲递给我一个暄软的馒头，接着递来一双筷子，跟着，把一个鸡腿夹到我跟前的盘子里，吃吧。这样说着，我跟前的盘子里又多出一块红烧肉。

我瞅着，胃里直起腻，但我没说。我咬了一口馒头，慢腾腾地嚼起来。母亲仿佛想起什么似的，从小木椅里站起来说，我做了西瓜酱，你尝尝好吃不。

我顿时来了精神。

有一次，同事张姐的母亲从老家给她捎来一罐西瓜酱。张姐送给我一小瓶。我一吃，就上了瘾，接着去超市买。可是，跑遍小城的大小超市，也没找到像同事送我的那样好吃的西瓜酱。

后来给母亲打电话，不经意说起这事儿。母亲说，自家做的，用的都是最好的料物，当然比超市里卖的好吃了。没想到的是，母亲也会做西瓜酱。

母亲把西瓜酱放到一个碎花小盘里，蓝盈盈的小花和红艳艳的酱交相辉映，看着就食欲大开。我顾不得吃相，把盘子往跟前一拉，大口吃起来，腮帮子都撑鼓了。不大会儿，一个馒头就下肚了。

我让母亲再拿个馒头给我。母亲知道我的饭量，只给了我一小半。吃完后，我的眼睛仍然舍不得离开盘子里的西瓜酱豆。返城时，母亲把一个瓦缸抱到车上，得意着说，够你吃一阵子的吧。

从那以后，我的饭桌上几乎天天都有西瓜酱。有时一日三餐都不离。西瓜酱拌面条。西瓜酱炒肉丁。西瓜酱炒辣子。西瓜酱大饼……

母亲做的西瓜酱，仿佛放了罂粟花似的，我吃上了瘾，戒都戒不掉。一瓦缸西瓜酱眼看要吃完了，我才开始有些收敛。我想留着，等酱瘾发作的时候再吃。

第二天，我收到一个邮包，是一个硬纸箱，纸箱里是一个毛毯包，毛毯包裹着的是一个瓦缸，瓦缸里装着满满当当的西瓜酱。

从那以后，每当西瓜酱快吃完的时候，我就会收到这样一个邮包。我再也不用担心没有西瓜酱的日子了。想吃就吃，还常常把它当作小礼物送人。

有年冬天，回老家看母亲，门锁着。邻居大娘说，母亲去镇上买西瓜了。大冷的天买西瓜做什么？大娘说，自从母亲学会做西瓜酱，她就隔三岔五去镇上买西瓜。

我如梦初醒。是了，西瓜酱不是天上掉下来的，也不是从超市买来的，而是母亲亲手做出来的。虽然我不懂这其中需要多少道工序，但我知道，一定很麻烦。不然的话，张姐那么爱吃西瓜酱，她为什么不动手去做呢？

张姐是有名的吃货，每当她吃到或者听说一道好吃的菜肴，回到家后她都要尝试着自己做。拔丝山楂，红烧猪蹄，麻辣鸭脖等，这些让人听了就头大的菜谱，她却从来不嫌麻烦。

那天，张姐吃了母亲做的西瓜酱后，一个劲儿地说，比她母亲做的还好吃。我说，你也试着做吧。她连忙摇头，我可做不了，一样一样食材，一道一道工序，麻烦死了。

母亲抱着一个大西瓜走进院子，脸上汗津津的。看见我，母亲愣怔了一下，接着脸上露出惊喜的笑容，一边说，酱快吃完了吧，我赶紧去做。

我跟在母亲后面，说，做西瓜酱一定很麻烦吧。母亲说，一点儿都不麻烦呢。接着，便和我絮叨起西瓜酱的做法。

望着母亲如数家珍般得意和自豪的神情，我舒了口气。我决定和从前一样，安心享用母亲做的一茬接一茬的西瓜酱。因为，这是母亲源源不断的爱。因为，无论西瓜酱做起来多么烦琐和复杂，母亲都会觉得无限快乐和幸福。

一枚银戒指

领到第一份工资后，我给母亲买了一枚银戒指。

当母亲从我手里接过那个毛绒绒红艳艳的小方盒时，一边笑一边抹着莹莹的泪花儿说，这么小的盒子，能装什么呀。我伸手把小红盒打开，即时，一枚亮闪闪的银戒指呈现在母亲眼前。出乎意料的是，母亲脸上的笑容却随之不翼而飞。我想，或许是母亲心疼钱，于是轻描淡写地说，才 20 块钱呢。母亲听了，脸上的表情却更加凝重起来，一边说，好日子都是一点一点积攒起来的。看着母亲有些生气的样子，我抢过母亲手里的红方盒，一边没好气地说，你不戴我戴。

从此，我便很少给母亲买礼物了，除非特殊的日子，也只是象征性地给她买点儿吃的罢了。

结婚后，我手上的银戒指换成了金戒指，接着是白金戒指，翡翠戒指……仿佛母亲菜园里的韭菜，换了一茬又一茬。而那枚银戒指早已不知去向。

一次去外地出差，路过老家，下车看望母亲。走到胡同口，看见母亲正背对着我和几个邻居拉家常。隔壁的二婶说，唉，孩子就是父母上辈子欠下的债，这辈子就给他们做牛马来了。母亲接过去说，俺觉得孩子是父母的天使呢。说完，把那只粗糙的手伸给大家看，一边用得意的声音说，这是俺闺女买的呢。

我听了，心里忽而颤动了一下。从小母亲就教育我们要谦虚做人，平时母亲更是以身示教，即便几个孩子全都考上了大学，而且是村子里仅有的几个大学生，可在街坊邻居面前，母亲从来没流露过一丝儿得意和显摆。今天却为了一枚古董级的银戒指在邻居面前肆无忌惮地张扬着。

可是，我怎么也想不起那枚银戒指是什么时候落在家里的。

突然听见二婶喊我的小名儿。母亲仿佛被吓了一下，接着下意识般把那只戴戒指的手往腋下藏，然后才慢慢转过身来，眼神里满是惊慌和不安。回家的路上，我问起戒指的事。母亲一边很不情愿地从腋下抽出那只戴戒指的手，一边嗫嚅着说，俺托人从城里买的。

望着母亲满脸的沧桑和羞愧，我眼眶忽地一热，眼睛便湿漉漉的了。

原来，儿女的回报，哪怕微乎其微，也可以让母亲喜悦到忘乎所以。然而，母亲却常常以嗔怪甚至训斥儿女的方式来呈现或掩藏内心的这种喜悦，因为，她担心她的喜悦会冲淡了儿女生活的甜美和幸福。

是啊，和儿女的快乐和幸福比起来，母亲可以放弃所有，包括自己的快乐和幸福，以及信奉和坚持了大半辈子的人生规范和准则。

母亲的眼睛

小时候，我最爱看母亲的眼睛。

母亲和人说话的时候，母亲低头干活的时候，母亲坐在阳光里或阴凉下，眯起眼睛打盹的时候，我都会盯着母亲的眼睛看。

母亲不在家的时候，我就看母亲的照片。

母亲笑起来的时候，她的眼睛比天上的月牙儿还美。

母亲给我讲故事的时候，我眼睛一眨不眨地盯着母亲的眼睛看。母亲便笑，怎么好像没在听，讲得不好吗？

妈妈，您的眼睛真好看。母亲笑得更甚，是吗？

偏偏，母亲的眼睛有毛病。

一天，半夜里，我突然发起高烧，我哼哼唧唧地叫母亲。

母亲跑过来，把手放到我的额头，摸了摸后，抱起我就往外跑。母亲突然停下来，急急地说，我眼睛看不见了，帮我看着点儿路，然后深一脚浅一脚地摸索着往前走。终于来到卫生室，医生说，吃点药就好了。母亲这才叹口气，眼睛也好了。

夏天的一天，放学回到家，我催母亲吃饭。母亲说，等弟弟回来一起吃。可是，我肚子已经饿得咕咕叫了，仍然不见弟弟的影子。母亲也坐不住了，出门找弟弟。我小跑着跟在母亲后面。

出了胡同口，看到路边围着一群人。二婶对母亲说，打群架的。这时，母亲走起路来突然跌跌撞撞的了，并让我扶着她走。我问她怎么了？母亲说她眼睛看不见了。好在，那天，弟弟只是个看客。母亲的眼睛跟着就好了。

那年，在外地上班的姐姐半夜打来电话，说，她不想活了。母亲放下电话就开始穿衣服。她说她去看姐姐。可她走到门口，突然嘭的一声，母亲的头撞门上了。不大会儿，姐姐打来电话，喜盈盈地说，妈，是我误会他了。这时母亲长出了一口气，一边嘟哝，该死的眼睛，这会儿又看见了。

后来，我飞离那个农家小院，飞向城市的高楼，便很少看过母亲的眼睛了。母亲按捺不住思念，从老家赶来看我的时候，我也顾不得去看她的眼睛，因为我有更重要的事情要做。直到那次，我和母亲说话，她却一副心不在焉的样子，目光一刻不离地在我脸上扫来扫去，仿佛不认得我了似的。

我忽而想起，那些日子母亲往我这儿跑得特别勤。有时送几棵青菜，有时送几个包子，或几把手擀面条。有时候什么也不带，坐一会儿就回去了。每次，母亲都会盯着我的脸看，总也看不够似的，就像小时候我看她的眼睛。我心里忽而涌出一个不好的念头。

母亲的眼睛经过医院检查，确诊有问题。我自责得要死，一遍遍嘟哝，我早该带您看眼睛的。母亲安慰我说，她的眼病是才得的，小时候看不见，是给我们急的。

母亲的眼疾越来越厉害，看东西都模模糊糊的了。我决定带她出去走走，也好让她在心里多留下些美好的记忆和念想。母亲说她哪里也不去，但她同意搬到我这儿来住。

看着母亲每天开心的样子，我郁结的心渐渐释然。是了，儿女们便是母亲的眼睛。当孩子有了难和灾，母亲的眼前就会一团黑。如若都过得好好的，母亲的世界就会月朗风清。哪怕她独自在黑暗里，一寸一寸摸索着往前走。

一万片花瓣

举起手机，才要按下拍摄键，她突然闯进镜头。接着，蹲下身去，捡拾起地上的花瓣来。

我收起手机，朝她走过去。

她说她每年都来拾花瓣。接下来，她给我讲起她和花瓣的故事：

我忘了那时是几岁了，也许是两岁，或三岁，四岁，我突然发现，别的小伙伴都有妈妈，而我没有。从此，我每天都跟爸爸闹着要妈妈。

爸爸说，妈妈在很远的地方上班，过年时才能回来。

长大一点后，我知道这是爸爸用来骗人的话，我开始更加起劲儿地跟爸爸闹。

一天，爸爸对我说，妈妈临走的时候说，等我们捡够一万片花瓣的时候，她就回家。

从那以后，每年花落的时候，爸爸都带我来这里捡花瓣。我每次问爸爸，什么时候才能拾够一万片？爸爸总说，快了。

后来，我渐渐发现，每次捡花瓣，爸爸总是捡够了一百片就走。

又是一个落英缤纷的日子。

我说，爸爸，咱们拾够一万片再走。爸爸说，傻孩子，那样会把我们累死的，就见不到妈妈了。

我说，那就拾一千片。

爸爸说，只能拾一百片，多了，就不灵验了。

从此，我每天都怀揣着美好和希望，期盼跟爸爸捡花瓣的日子。每捡拾起一片花瓣，我就会觉得，离妈妈近了一步。

我十二岁那年，一天，爸爸说好带我去捡花瓣的，可是，天都黑下来了，爸爸还没回家。我正要出去找爸爸，前院大娘走过来，喊我去她家吃饭。

我问，爸爸呢？大娘说爸爸的腿被砸着了。

原来，爸爸农忙之余，又在工地上找了一份工作。那天，他扛着一袋沙子正走着，脚下突然滑了一下，摔倒在地上，肩膀上的沙袋正巧砸在他腿上。

我想，爸爸不能带我去拾花瓣了。于是呜呜哭起来。大娘也抹起眼泪来，一边伸手把我揽在怀里，并轻轻拍打起我的后背。

我睁开眼睛的时候，爸爸坐在我的床沿，正笑眯眯地望着我。我又呜呜哭起来。

爸爸说，不哭，明天爸爸带你拾花瓣。

我一下从床上跳起来，扑到爸爸怀里，一边说，真的吗？我忘了爸爸的腿受伤的事情了，爸爸仿佛一棵柔弱的小草，往后趔趄着，差点儿摔倒。

爸爸不知道从哪儿弄来一根拐杖。因为走得慢，我们回到家的时候，很多人家灯都熄了。一走进院子，爸爸仿佛听见我肚子叫了似的，拄着拐杖径直往厨房走。

我十五岁那年，终于明白，妈妈，永远不会回来了。

空气突然沉默起来。

我正要安慰她几句，她突然说，有阵子，一个和爸爸年纪差不多的阿姨常常来我家玩儿，一天，我在床上睡觉，迷迷糊糊中听到他们说“结婚”，我一骨碌从床上爬起来，冲他们喊，你们敢结婚，我就离家出走。从那以后，那女人再也没来过了。

她低下头去，继续一片一片捡起地上的花瓣。认真专注的神情，仿佛把我遗忘了似的。

我说，还在等妈妈吗？

她摇摇头，面含微笑地说，再拾五百片，就够一万片了。到时，我就把这一万片花瓣作为婚礼上的撒花，撒向爸爸，和妈妈。

哭泣的棉手套

我和小兰从小一个班。按同学的话说，我俩好得跟一个人似的。

到了高中，我和小兰仍然一个班，仍然好得跟一个人似的。可是，自从那场球赛后，我们的关系悄悄发生着变化。

周末，北风乍起，同学都回家拿过冬的衣服了，我因为脚崴了，一个人待在宿舍里看书，小兰也没来邀我。屋子里的光线变暗的时候，舍友陆续回来。邻铺把一个鼓鼓鼓囊囊的包裹扔到我床上说，你老乡让捎给你的。我解开一看，里面是棉袄棉裤，我知道，是母亲让小兰捎来的。

我把包裹重新包好后便去餐厅打饭，在门口遇见篮球王子。他见我一瘸一拐的，伸手抢过我手里的饭盒，转身往打饭口走去。不大会儿，篮球王子就端着热气腾腾的饭盒走过来，我正要伸手去接，突然听见小兰的声音，你妈让捎给你的。说完，用戴着红皮手套的手从腋窝里夹出两只臃肿得像气蛤蟆似的棉手套，在篮球王子眼前晃呀晃的。我冲过去，夺过棉手套，噌地扔到门后的垃圾桶里，并气吼吼地说，我妈才不会做这么难看的手套呢。

又是一个周末。最后一节课放学后，我推起车子就往家飞奔。走进院子，插下车子就大声哈哈着往手上吹气。母亲急急忙忙从屋里走出来，说，不是让小兰给你捎手套了吗？我嘟哝着说，我才不要你缝的破手套，难看死了。母亲一愣，然后拉过我的手，放到她怀里暖着，一边说，手套是用新棉花缝的，可暖和……暖和我也不要，我就要小兰那样的皮手套。

我挣脱着把手从母亲怀里拿出来，然后猛地转过身去。母亲说，别生气了，妈也给你买皮手套。

母亲从褥子底下摸出一把钥匙，打开床头上的红木柜子后就开始在里面扒腾起来。她仿佛找到一样什么东西，在手里捧了一会儿就往外走。母亲突然又转过头来说，要是我中午回不来，就去你大娘家吃饭。

下午两点多钟，母亲才从外面回来，看着她递来的一卷票子，我高兴得跳起来，一边得意地想，看小兰还敢不敢嘚瑟了。回到学校，我就买了一双和小兰一模一样的皮手套。从那以后，我就再没见过小兰戴皮手套了。皮手套让我扬眉吐气。

多年后，在一次同学聚会上，我和小兰说起皮手套的事情。小兰扑哧笑了，她说，皮手套是她向摊子上借的，在我和篮球王子面前显摆完，就找了个理由退回去了。

我顿时傻了，缓过神来时，举手捶打起小兰，一边流着眼泪说，我的那双皮手套是母亲用她的银顶针换的。银顶针是姥姥临走前交给母亲的，也是姥姥留给母亲的唯一一件信物……而那双棉手套，是母亲跟大娘学到半夜才缝制好的。

是的，我不过拿小兰撒气罢了。是我虚荣，我赶走了留存在母亲心里的那缕暖，粉碎了母亲一生的念想和寄托……

为了缓解心里的愧疚和疼痛，我央求母亲再给我做一双棉手套。可是，母亲怎么也想不起棉手套是怎么缝制的了，这让母亲和我又徒添一层对彼此的愧疚。

或许太想念母亲缝制的那双棉手套了，它常常来梦里见我，身上沾满泔水和饭粒。而当我伸手要把它抓住时，却又倏然没了踪影。正急慌得不知所措，母亲突然出现在面前，一脸慈爱地望着我。醒来时，不禁泫然泪湿。

迎春花

窗外的迎春花开了，活泼泼的，仿佛一群飞舞的黄蝴蝶。

想起香儿。

香儿是我儿时最好的伙伴。一到春天，每天放学后，我们就一起下地薅野菜。

路上，风轻轻吹拂着脸颊，痒痒的，仿佛一双柔软的小手不停地在脸上抓挠。我常常嘟起嘴唇，摇晃着脑袋，和那双小手嬉戏着。香儿便骂，傻瓜，看风把你的嘴唇吹裂了。

我喜欢坐在地头边，看风。它一会儿像一只受惊的小野兔，倏地从身边掠过，无影无踪。一会儿仿若一个训练有素的演奏家，把一沟溪水弹奏得叮叮咚咚。然而，我最喜欢它婀婀娜娜的样子，仿佛一位气定神闲的舞蹈教练，引领着一地金灿灿的迎春花翩然而舞。

香儿从来不看风。

香儿说，风哪里看得见？青悠悠的野菜才好看，俺家圈里的老母猪正嗷嗷地叫着等俺把它背回家呢。

香儿说，俺娘正等着用卖了老母猪的钱治病哩。

除了她自家院里的那些事儿，香儿仿佛不再会说别的。

香儿很快就薅满一篮子野菜，并喊我回家。我折了两枝迎春花，一枝递给香儿，并对她说，拿回家插到瓶子里可好看呢。香儿却抬起胳膊，把那支迎春花拨拉到地上，很生气地说，俺才没工夫养它哩。

一个星期后的一天，香儿没来上学，老师让我去她家看看。那时我才知道，香儿在家里要洗衣做饭，要喂鸡鸭猪羊，还要侍候卧病在床的母亲。

小学没上完，香儿就辍学了。

再听到香儿的消息，是工作后。

一次回老家，母亲说，香儿嫁给了一个比她大二十岁的瘸子，还是个外地人，听说那瘸子家很有钱。香儿的娘劝香儿不要难为自己，香儿却笑着对她娘说，瘸子对她好着呢。可村里的人都知道，香儿喜欢村东的小强。出嫁那天，香儿的两只眼睛都哭肿了。

后来，便很少听到香儿的事情了。

前些日，回老家，巧遇香儿，一袭流行的大衣，一双黑油油的皮靴。可是，入时的打扮却掩饰不住满脸的沧桑和忧郁。

我问她过得好不好。她大大咧咧地说，嗨，不愁吃不愁穿的，还想什么。她突然换上一副孩子般生动的表情笑着说，俺娘能下地走路了。可是，当我问起她和小强的事时，香儿的脸色一下黯淡下来，并借口说家里有事，转身走了。

望着香儿落落寡欢的背影，一股怜惜之情油然而生。

想起那个美丽的传说。

德国少女莉斯培斯，家里很穷，她每天赤脚去山上采摘五颜六色的鲜花，送给久病的母亲。一天，莉斯培斯正低头采花，花精灵突然出现在她面前，送给她一束迎春花。莉斯培斯一路小跑着回家，可她刚踏进家门，手里的迎春花突然变成一捧熠熠生辉的珠宝。于是莉斯培斯把这些珠宝拿到集市去卖，终于治好了母亲的病。

一股淡淡的香味儿飘入鼻孔。望着窗外那束明丽的迎春花，我欣慰地笑了。

是的，或许香儿心里是苦的，然而，对母亲的爱，早已在她的心底埋下一粒迎春花的种子，无论多么寒冷，多么疼痛，总有一束盛开的迎春花在她心田摇曳，温暖她的生活，抚慰她的人生！

月是故乡明

明知道，月亮只有一个，我却执拗地认为，还有一个月亮，挂在老家的夜空，比哪里的都明，都亮。

这样的谬识或情愫，一直缠绕着我，尤其到了月亮的节日，总会想起杜甫“露从今夜白，月是故乡明”的诗句，思绪缱绻，乡愁漫溢。儿时的一帧帧画面跃然眼前。

少时，有月亮的夜晚是一定要出去撒欢儿的，可走路却不看路，眼睛一眨不眨地盯了天上的月亮望。母亲便喊，看着脚底下，别摔倒了。嘴上答应着“嗯”，头仍然向上仰着，突然啪嗒一声，摔个嘴啃泥，疼得呲牙咧嘴，却硬撑着不吭声。母亲急急跑过来，幸灾乐祸地说，叫你不听话。

少时，以为月亮是自家饲养的，就像那只小黄狗，只和我一个人亲，我去哪，它就去哪，一刻不离地跟着我。一次，吃完晚饭，去胡同找小伙伴玩儿，望着头顶明晃晃圆润润的月亮，得意地朝小伙伴儿喊，我把月亮带来了。小伙伴儿纷纷和我吵起来，都说是自己带来的月亮，跟着便乱吵一气，有的甚至动手打起来。我生气好几天不和他们玩儿，我认为他们都睁着两眼说瞎话，是撒谎的坏孩子。

少时，不懂得赏月，更不懂得思人。因为天天都在看月，天天都和亲人在一起，没有可思的人。

懂得赏月，思人，是大一那年。那是我第一次离开家，第一次在外面过中秋节，或许因了新鲜，或许因了月饼和水果这些平时难以吃到或舍不得吃的美味儿，今晚却可以敞开肚皮吃个够，心里莫名地喜悦和激动着。太阳还斜挂在天空，我和舍友已把供品摆满一桌子。

月亮终于钻出云层，我们不约而同地“耶”一声，便饿狼般饕餮起来。可吃着吃着，忽而涌出一股酸楚的味道，眼睛里升起一层水雾。看舍友，个个神情黯然，一副怅然若失的样子。不知谁说了声“我想家”，屋子里顿时响起一片啜泣声，在清凉孤寂的夜空里盘旋，回荡。

后来，被生活的浪涛簇拥着，走南闯北，东漂西荡，在外面度过无数个月亮节，花样繁多，别致，曾登山望月，临水望月，依花望月，对酒望月……可是，无论哪样望月，无论多么浪漫和风雅，心里想的，总是挂在老家夜空的那轮明月。

老家的月亮素颜素面，没有摇花，绿竹，香槟等作点缀，就那么寂寂地挂在黑黢黢的夜空，然而，它清凉，柔和，明净，壮阔的光影里却散发着热气腾腾，沁人心脾的香味儿。那是煮玉米煮毛豆的味道，是黑天天，马泡瓜的味道，是滚铁环捉迷藏放烟花的味道，是葡萄树下牛郎织女窃窃私语的味道，是袅袅炊烟的味道，是母亲呼唤回家的味道，是上下门牙小心翼翼切削月饼的味道……

终于明白，我是老家的月亮饲养的小黄狗，只愿和它亲，一辈子也走不出它的视线。

让爱有个出口

打她一进门，就不招婆婆待见。当着她的面，婆婆把那串亮闪闪的钥匙塞到他手里，“想起我来时就来看看我”。说完，背过身去就开始抹眼泪。

她伸手拿过他手里的钥匙，递给婆婆，“妈，我想和您一起住。”婆婆说：“别介，我还想多活两年哩。”她扭头看一眼他，“妈，如果搬走，我们就得天天吃泡面”。婆婆哇一声哭起来，“我儿怎么这么命苦啊，娶了一个姑奶奶”。

他看看母亲，再看看妻子，正思忖先劝哪一个，她突然扑通跪在婆婆面前，“妈，从今天起，我一定好好跟您学做菜”。她抬头望着他，“他爱吃什么，您就教我做什么”。

可是，她天生不是学做饭的料，不是忘了放盐，就是做得半生不熟。一次，婆婆让她去煮水饺，她端起一盘水饺就往冷水锅里倒，婆婆气得把手里的擀面杖扔到地板上，“赶快搬走，随你们吃啥，我眼不见心不烦”。她一边捡拾地上的擀面杖，一边说：“妈，我是笨了点儿，可您得对我多点耐心才行，要不将来您儿子就得天天吃泡面。”婆婆白她一眼，接着向她絮叨起煮水饺的过程。

一天，婆婆下楼时不小心腿摔骨折了，得住院。她每天在婆婆床前侍候着，还要回家做饭。婆婆看她跑来跑去着实辛苦，让她在附近的饭摊前随便买点吃的。她笑着对婆婆说："我可不上您的当，那样的话，等您病好了就会说我不孝顺，又得把我们往外赶，您儿子还不得喝西北风去啊。"婆婆的脸上突然露出喜色，"这些天你做的饭怪可口的"。她听了，突然收敛起脸上的笑容说："我找钟点工做的。"婆婆的脸便又拉下来，"我儿子没黑没白地工作，赚那俩钱禁得住你这么糟蹋?"

婆婆出院后，她仍然每天跟婆婆学做饭，婆婆仍然骂她笨，只是，婆婆不再扔擀面杖，而是指着她的鼻子说，"我是上辈子欠你的，这辈子活该侍候你，一边看电视去吧"。

后来，再听到婆婆的骂声，是她给婆婆请假有事不能回家吃饭的时候，婆婆说，什么事那么要紧，不会吃了饭再做，真是死心眼儿。

婆婆七十五岁那年，得了中风，瘫痪了。她二话没说，辞去了那份不错的工作，在家专心侍候起婆婆。当她把那碗亲手熬制的蛋肉粥端到婆婆面前时，婆婆惊得半天说不出话来。她把粥放到桌子上，望着婆婆说："妈，对不起。"原来，她从小就喜欢做饭，而且还上过厨艺业余培训班，她说，"可是，我知道儿子是您的心肝，所以我不想把他从您身边抢走，这样您就能继续享受做母亲的忙碌和快乐，也好让您对儿子的爱有个出口"。

说完，她端起桌上的那碗粥，开始一勺一勺喂婆婆，一边不停地抽出纸巾，轻轻擦抹着婆婆嘴角的饭粒和泪滴。

一本特殊的枕边书

我的枕边书有很多，但大都只是摆设，或者说只是一种气息罢了。那本字典却不同，我几乎每天都会把它捧在手里翻阅，有时一天会翻好几次。我不止用它查生字，没事的时候，倚靠在床头，不经意翻着，缱绻的思绪便飘到很远很远的地方。

八岁那年，我背上母亲缝制的花书包上学。书包里除了语文和算术，还有一个铅笔盒，其实是一个盛针的小纸盒，是母亲跟卫生室的叔叔要的。盒子有些短，盛不下铅笔，但我仍然喜欢得不得了，时不时从书包里掏出来看看，一边看一边想，造铅笔的叔叔为什么不把铅笔造短些呢？

一天，班级教室里，我正拿着铅笔盒翻来覆去地看，同桌将一本巴掌大的书放到我面前，然后一脸得意地望着我。我以为是小人书，急忙打开，里面却密密麻麻全是汉字和拼音。同桌扬着眉毛说，它叫字典，不认识的字它都会告诉你。说完，伸手从我手里抢过字典，然后她让我从课本里找出一个生字，然后，她竟在字典里找到了这个字，然后，她竟用拼音把这个字拼读了出来。我觉得神奇极了，更是羡慕得要死，心想，要是有了字典，就再也不用缠着让母亲讲故事了。

那天放学回到家，我就闹着让母亲买字典。母亲说，放年假时得了奖状就买。可是，当我兴冲冲地把奖状抱回家，母亲却变卦了，她说，没有字典我女儿照样考得好嘛。我生气地说了一句“妈妈骗人”，便转身回自己的屋，晚饭都没吃。

第二天，正好周末，清晨，我才睁开眼睛，看到枕边有一汪儿阳光，阳光里放着一本巴掌大的书。我的心顿时狂跳起来，猛地坐起，把书抓到手里，真的是字典。虽然没有同桌的那本新，但和她的一样，里面挤挤挨挨印满了字，每一个字的后面都注着拼音。我外套也顾不得穿，趿踏着鞋，抱着字典就往外跑，我想让母亲教我查字。

母亲正在院子里剥棉花，明晃晃的阳光把母亲也浸润得亮莹莹的。母亲放下手里的活儿，把我揽在怀里，和我说起她小时候的事儿。那时我才知道，母亲原是大户人家的孩子，后来家道衰落才忍痛辍学。我忽而觉得自己身体里流淌着的是一个伟大家族的血液，肩负着重振家业的义务和责任，我腾地站起来对母亲说，我一定好好学习，将来让您过上幸福的生活。母亲便笑，抚摸我的头说，你幸福，妈妈就幸福。

学会查字典后，我碰到的第一个生字是“左”。按照母亲教我的部首查字法，我很快在检字表里找到了它。我开始一张一张往后翻，一边噗噗地往手指上吐着唾沫。母亲走过来，瞅一眼“左”字所在的页数，笑着说，这样能翻到天黑呢。母亲教我一沓一沓地翻，并说，熟能生巧，以后翻多了，一百页有多厚，三百页有多厚，手一捏就能估摸个八九不离十。母亲又说起她上学时的事儿，她们班上有个男同学，可神了，任意说出一个字，他一下就能翻到。有时他还从后往前翻。

从那以后，没事的时候我就抱着字典练习翻页，后来便也像母亲的那位男同学一样神奇了，差不多一下就能翻到要找的字。望着同桌惊讶的目光，我比她在我面前显摆她的字典时还得意。

如今，字典已成为一个古旧的符号，渐渐沉寂于岁月的河底，母亲买的那本半新不旧的字典也早已不知去向。然而，字典将会成为我永久的枕边书。我喜欢把字典捧在手里的感觉，犹如悬挂于阳台的风铃，轻轻一拨，生命的时空顿时变得温暖而生动。

第二辑

送你一掬春光我的手

楝花不苦

黄昏的时候，雨终于停了。我拿了外套，走出家门。

到底是落了。蜿蜒绵长的红砖小路上，铺满紫莹莹的小花，仿佛才下过一场雪。哦，不是的。雪哪里有苦楝花的香气，香得那么决绝，仿佛留下的最后一声绝唱。

想起那个苦楝花一样的女孩。

初次见她，夏天，在教室后面的苦楝树下。

那时，我刚从城里转到乡下的学校，整节课，我都无心听讲，窗外扑鼻的花香熏得我快要醉了。下课铃声一响，我便往教室后面跑去。望着一树树细碎的小花，我羡慕极了在花间翩然而舞的蜂儿、蝶儿。

那是一个轻风和暖的日子。放学后，我和往常一样，来到教室后面的苦楝树下，贪婪地吮吸着浓郁的花香。身后忽而传来一个微弱的声音，你喜欢楝花？回头时，看见她，穿着一件辨不出颜色的短衫，裤子又肥又长，裤管往上卷成一个卷，仍然偎在脚跟，怀里抱着一个男孩，看上去非常吃力的样子。

见我看她，她连忙低下头去。停了一会儿，便又抬起头来，望着我，怯怯地说，你要是喜欢，我就爬到树上给你摘。

我连忙点头。她仿佛十分高兴的样子，眼睛里放射出光芒。她把怀里的男孩放到地上，然后跑到楝树下，用两条瘦长的胳膊环抱住树干，两只脚向上一提，紧紧贴到树干上，然后，轮换着一蹬一蹬地向上爬去，不大会就爬到高高的树杈上了。我往后仰着头，才能看到她。

一嘟噜一嘟噜苦楝花，仿佛一团团紫色的云彩飘落下来。不大会儿，地上便落满一层。香气缭绕。

够了吗？

没想到，她的声音这么大，我不由得哆嗦了一下，连忙朝她喊，够了够了。

她定是经常爬树的。我话音未落，她便哧溜从树上滑下来，和我一起捡拾起地上的苦楝花。她说她也喜欢楝花。她望着手里的一嘟噜苦楝花，若有所思地说，为什么都叫它苦楝花呢？它香得很呢。

她的话突然多起来，声音也大了许多。要不是小男孩哭闹着要回家，她会滔滔不绝地和我说下去。

这以后，她常常给我够苦楝花。那个春天，我的房间里飘满了苦楝花的香味儿。

有一次，我约她到家里玩儿，她听了，像每次上树够苦楝花一样，眼睛里放射出光芒。可是她怀里的小男孩突然哭闹起来，她哄着男孩就走了。后来我又约过她几次，可是，每次她总有事情要做，有时说得回家做饭了，有时说得给奶奶熬药了。

一天，母亲走进我房间，望着桌子上，床上，墙上，窗台上的苦楝花，突然唬起面孔说，不许再爬树了哈，要是从树上掉下来，摔折了腿就没法儿上学了。

我想对母亲说，是她给我摘的苦楝花。但我终究没说。

我不知道她的名字。

苦楝花落尽的时候，一天，她突然在半路上截住我，用蚊蝇一般小的声音说，我想跟你学念字。见我不语，她抬起头来，用渴求的目光望着我说，明年我再给你摘楝花。

第二天，放学后，我收拾好书包，准备去教室后面的苦楝树下教她念字，母亲突然跑进来，二话不说，拉起我就走。路上，母亲断断续续地说，她弟弟跑到马路上去了，她把弟弟救了，可她……

我看到她时，她静静地躺在床上，闭着眼，身上盖着花被单，被单上血迹斑斑。我有点儿害怕，直往母亲怀里躲。母亲牵着我的手，来到她床前。她突然睁开眼睛，看着我，嘴唇一动一动的。母亲让我把耳朵贴到她嘴边。半天工夫，我终于听清她的话，她说她想跟我学念字。

我连忙从书包里掏出本子和笔，写下两个大字，举到她眼前。然后弯下身去，附在她耳边，念道，楝花。

她的眼睛里突然掠过一缕莹莹的光亮，但接着就黯淡下去，仿佛一盏熄灭的灯。雪白的嘴唇也不再抖动。

晚上十点多钟，母亲从她家回来，说去医院的路上她就不行了。母亲叹口气，接着说，这孩子真傻，亲妈几次来要接她去城里上学，她都不依，宁愿守着个破破烂烂的家。弟弟和奶奶还不是亲的。

我说，她知道吗？母亲说，知道。

过了一会，我问母亲，她叫什么？母亲说，楝花。或许是莲花，或恋花，或其他一个发 lian 音的字。然而，我更愿意把它写成——楝花。

后来，每年春末夏初，我都会去看苦楝花。

又到了“小雨轻风落楝花”的时节。一朵苦楝花从枝上落下，在红砖小路上，打着旋儿，仿佛向大树倾诉着它的不舍。又仿若在离去前，挣扎着吐出最后一缕芳香。

一幅年夜画

因为有寒流，今年春节，我打算在家里过。我们居室里暖和得很呢。尤其春节，24 小时供暖。

“妈妈，锅炉工不回家过年吗?”儿子的话提醒了我，这寒冬里的暖气是单位的锅炉工老王用一铲煤一铲煤烧出来的。

自老王来单位烧锅炉，每年春节，我们都是 24 小时供暖。老王自然春节不能放假，连年夜饭都不能回家吃。可我每年除夕只知道看电视，吃东西，从来没想起过老王。而他就住在我们楼前不远的锅炉房里。如此自责着，又拿了二十个水饺，放锅里。

当我端着一碗热气腾腾的水饺来到锅炉房时，老王正弯腰往炉膛里填煤。炉火把他的脸映照得红通通的，像夏日的太阳。

我说：“王师傅，过年了，吃饺子了!”

“吃过了，里面多着哩。”老王一边把我往里屋领，一边指着一个小方桌子说：“你看，这是李姐送的，这是小张送的，这是……”

小方桌上放着一排大小、颜色各异的碗，但里面都盛着一样的饺子，一样地冒着热气。老王却说，这饺子花哨着哩，有猪肉馅的，有牛肉馅的，还有蟹肉馅的哩。我一个碗里尝一个就尝饱了，呵呵。”我把手里端着的碗也摆放到小方桌上并让老王也尝尝我的手艺。老王拿起筷子夹起一个饺子放到嘴里，一边说：“香香香!”一边打了个饱嗝。

一点多钟看完春节联欢晚会，儿子问我：“妈妈，你觉得今年的节目哪个最好?”

我说：“有一幅年夜画最感人。”

儿子问：“什么年夜画?”

我说：“一个小方桌，小方桌上摆放着形态各异的碗，碗里氤氲着的团团热气，一会儿幻化出一碗碗香喷喷的饺子，一会儿幻化出一炉熊熊的火焰。”

向日葵送给别人以后

母亲回老家，带来一包向日葵籽。春天来的时候，母亲在门外开辟了一个小园子，想要把向日葵籽种进去。我说，算了，院里这么多孩子而且调皮得很，不等长成就被折走了，白赚生气。母亲却执意把它们撒了进去，并说，金灿灿的花儿也好看呢。

后来，我决定搬到孩子学校附近的另一个住处。这时，向日葵已经开出一盘盘金黄色的花朵，看着都喜气，我想把它们移走。母亲说，移不活的，送给邻居吧。

可是，前后左右几家邻居，几个孩子岁数都差不多大，给谁不给谁呢？如果因为几株向日葵影响了邻里关系，我就好心办坏事了。见我愁眉不展，母亲说，要不几家分分？

这个办法虽然听上去有点儿孩子气，却不失公道，我决定采纳母亲的意见。我数了数，园子里一共有十六株向日葵，每家三株，还剩一株，于是去各家送向日葵时，我半开玩笑地对他们的孩子说，余下的那株是我的，麻烦你帮我照管着。

秋天，我领房客去老院看房子。走到小区门口，忽而想起向日葵，心里竟有几许惶惑，孩子们会不会因为自己的向日葵被折而发生冲突甚至大打出手？家长们见了我会不会抱怨？当我走进院子时，紧揪着的心顿时放松下来。园子里，一株株向日葵挺拔齐整，个个顶着玉盘一样的头冠，玉盘里镶满圆润饱满的黑珍珠，仿佛等待检阅的仪仗队。我数了数，一共十六株，一株不少。

突然听见有人叫我。回头，是李姐，寒暄几句后，李姐和我说起孩子们和向日葵的故事。她说，自从孩子们得了几株向日葵，个个像施了魔咒似的，每天放学后看谁往家跑得快，放下书包就往园子里跑，星期天也不出去乱窜了，不是忙着给向日葵松士，就是捉虫、施肥等。尤其她家华儿，从此她再也不用满网吧找他了，他常常在网上搜寻向日葵的有关知识，向日葵有了小病小害，他都能对付，为此还得了个小专家的称号呢。李姐笑盈盈地瞅我一眼接着说，真得谢谢你，你送他们的几株向日葵让家长们可都省了大心。

说话间，孩子们放学回来，看见我，纷纷指着中间那株最大的向日葵说，阿姨，那株是您的。我听了，眼眶猛地一热。我抚摸着华儿的头说，向日葵早就熟了呢，怎么还不摘下来吃？孩子们齐声声地说，我们说好，等您来了再摘。

我连忙仰起头，透过模糊的视线，我仿佛看见一朵朵金灿灿的向日葵在红彤彤的余辉里摇曳，一会儿，却变成一张张天真烂漫的笑脸。

那天，我带回了六盘向日葵。我拿出一盘给房客。他问，向日葵到底是谁家的？我朝他笑笑，说，我把它们送给邻居后，就都是我的了。

是的，自从我把向日葵送给孩子们，我便收获了一颗颗纯净善良的心灵，收获了和向日葵一样饱满而沉甸甸的爱。

手语女孩

跟一个志愿者朋友去福利院看望那里的孩子，我问给孩子们买些什么礼物，朋友说，福利院门口有个小超市，不如让孩子们自己去挑选，我们负责付钱就是了。

这是个周末，来福利院的人一拨跟着一拨。开小车的，骑电车的，步行的，一群，一伙，或三三两两，或一个人。有的揹着大包小包，有的怀抱毛毛熊或洋娃娃，也有的跟我和朋友一样，两手空着，什么也没带。我想，他们衣兜里也一定揣着鼓鼓的钱包。

朋友说，来看望孩子的，有的是志愿者，有的不是，如我，偶尔陪朋友罢了。个个脸上喜洋洋的。福利院的老师热情地和来者一一打招呼，几十个孩子在甬道两边站成两排，欢迎人们的到来。

随朋友来到一个教室，是个小班，孩子们大多三至五岁。女老师用手语向孩子们比画了几下，孩子们便整齐划一地伸出手来，掌心向上，然后向一侧移动，接着，两只手对拍起来。朋友说，他们在欢迎我们呢。

一个抱着泰迪熊的男孩跑到朋友面前，不停地用手比画着。朋友微笑着望着男孩的脸，不时地点点头，时而朝男孩竖起大拇指。事后，朋友向我解释，男孩说他的泰迪熊是一个大哥哥送给他的，大哥哥前几天给妈妈接走了，他也期盼着有一天妈妈来接他回家。

朋友和我一样，是个正常人，从没学过哑语，却能听懂男孩的话并进行交流和沟通，我对他油然升起一股敬意。

几个孩子突然呼啦一下围过来，争相去拉朋友的手，一边不停地比画着。朋友仿佛也被这一幕弄蒙了，正要请教女老师，孩子们突然作鸟兽散，鸟儿般呼啦啦飞走了。正诧异，一个女孩跃入眼帘。一身金色运动装，白球鞋，青春逼人。瞅一眼朋友和我身上的黑蓝配，难怪孩子们被女孩吸引去。

朋友说，每次女孩一来，其他的志愿者便被打入冷宫。沉默了一会，朋友接着说，下一步我准备报个哑语培训班，这样就能和女孩一样和孩子们畅通无阻地沟通交流了。

当朋友告诉我，女孩和孩子们一样是个聋哑人时，我心里不禁生出几分惋惜之情。

空阔的院子里，孩子们把女孩围在中间，一双双灵巧的小手上下翻飞，仿佛一只只舞动的蝴蝶，脸上的表情快乐而生动。我站在旁边看着，忽而觉得，他们的世界那么热闹纷繁，而我仿佛一个聋哑人，对他们的言谈一无所知。这样想着，心里竟有几分失落。

受好奇心驱使，我走了过去。

女孩朝我笑笑，接着便又掉过头去，继续和孩子们玩耍。我从挎包里掏出纸笔，写道：请问您为什么要当志愿者？然后把字条举到女孩眼前。女孩瞅一眼纸条上的字，然后伸出纤纤细手，朝我比画起来。我摇摇头，表示听不懂，女孩朝我笑笑，并向我比画了一个动作后便又扎进孩子们的世界。

我记住了女孩最后朝我做的那个动作，朋友说，意思是对不起。原来，女孩为自己无法和我交流而向我表示歉意。我心里滋生出一股莫名的感动。

最后一抹阳光即将消逝的时候，我和朋友一起走出福利院。在公交车站牌下等车时，忽而瞥见女孩，站在旁边的一棵大树下，眺望着一个方向。不大会，一辆黑色轿车停在女孩面前，一个大男孩从玻璃窗里探出头来，朝女孩喊了一声。女孩急忙着将一根手指放到唇边，接着发出一个声音——

嘘——

我的眼睛一眨不眨地紧跟女孩。女孩弯腰钻进车里，坐在男孩旁边的位子上，然后翕动起嘴唇，和男孩说着什么，生动的脸上漾起一波波明丽的笑容。插进左衣兜和右衣兜里的两只手，自始至终没拿出来。

我转脸看朋友，她的目光仍然停留在女孩绝尘而去的方向，一边喃喃地说，爱，不是居高临下的怜悯和施舍，而是一个生命喜欢另一个生命的感情，是生命与生命的平起平坐。

一袋免费桔子

每天下午五点，一辆脚蹬三轮车都会准时停放在大院门口。三轮车上放着几个塑料筐，筐里装着各样水果，仿佛奔波了一天似的，个个蔫头耷脑。

三轮车的主人是个中年女人。车上没有吆喝生意的小喇叭，她也不喊。有人说，她怕人看她。

她梳着两条辫子，齐腰长，很细，搭在她矮小的身躯上，很容易让人误以为她是残疾人。

她其实是正常人。

我从来没买过她的水果。

那天，晚间写完一篇稿子，去箱子里拿水果，才想起早就吃完了，于是下楼去买。出了楼道口，不禁打了个寒噤，我往上拉拉围巾，往外走去。

大街上行人寥寥，昏黄路灯下，她看上去单薄得有些可怜。我走过去，说称几斤桔子，没有的话，其他什么水果都行。

她并没有显出十分高兴的样子，迟疑着，也不去拿秤。我以为她没听见，正要重复一遍刚才的话，她忽而嘤嘤地说，都不大好了。

环顾一眼空寂的大街，我说，随便称点吧。她仍然无动于衷，一只手漫不经心地在筐里拨拉着。我有点不耐烦，转身走了。

我正在客厅里走来走去，门铃响起，是她。她站在门外，把拎着方便袋子的手伸进屋子，袋子里装满黄澄澄的桔子。

我掏出一张票子给她。她说，不要钱。

可是，我没有理由白吃您的桔子呀，再说，大冷的天，您也挺不容易的。

她犹豫了一下，低低地说，我可以进去吗？

她坐在我对面的椅子里，说起一件我早就忘记了的事情。

那天，大雪，刮着北风。晚饭后我去公司加班整理一篇讲话稿。走进电梯，突然看见有人向我摆手，我摁着开门键，她跑到我面前，气喘着问我厕所在哪里。我说西边。接着，我说，跟我上楼吧，外面挺冷的。

出了电梯，我把卫生间指给她就进了办公室，关严门，才要开始工作，有人敲门。她站在门外，怯生生地说，我咋下去？我帮她按开电梯，她进去后，我告诉她按“1”就行了。这是一年前的事情了，没想到她还记得。

看着她鼻尖上沁出的汗珠，我心里有些儿感动，正要对她说点儿什么，她突然用感激的目光看着我，说，我从小看到的都是别人的白眼和歧视，您是第一个不躲避我的人，而且还带我……

她望着手里的桔子，眼睛里放着光，桔子是我让你哥……她瞅了一眼我身上的粉色家居服，接着说，桔子是我让老头子去瓜果市场买的，可新鲜呢。

我说，这么晚了，还卖得出去吗？她说，就买了这么多。

把她送走后，我打开方便袋，油亮亮的桔子，个个带着翠绿的叶子。我剥开一个放到嘴里，顿时，一股沁凉从舌尖滑入心底，却品不出是酸，是甜。

只要一句温暖的话

台湾作家林清玄在读高中二年级时学业和操行都是劣等，被学校记了两次大过和两次小过，并留校察看，甚至被赶出了学生宿舍。这时的林清玄对前途失去了信心，心情灰暗，遂产生了辍学的想法。许多老师对他已经不抱什么希望了，但他的国文老师王雨苍却没有放弃他，常把他带到家里吃饭。王老师说："我教了 50 年书，一眼就看出你是个能成大器的学生。"这句话让林清玄感动和震撼。为了不辜负老师的一片苦心，他从此发愤努力，决心改变自己。

林清玄被记过处分、留校察看，也被众多老师放弃，那时他内心一片黑暗，慢慢冰冷。如果无人问津，他的心想必会被绝望和沮丧吞噬，而国文老师的一句话为林清玄冰冷的心送去了温暖，使他重新萌生对生活的希望和热爱，对未来有了信心。

中学时，一次期中考试因为作文没写，语文只得了 58 分。怕回家挨母亲训斥，我偷偷把 58 改成了 88。母亲问我怎么进步这么大。我说语文老师每天抽出时间辅导我写作文。一个星期后，我和母亲上街遇见语文老师。母亲感激地说："这次考

88分，多亏您每天辅导他写作文。”语文老师愣了一下说：“是啊，这孩子最近对作文表现出极大兴趣，所以才进步这么快。”临走，语文老师摩挲着我的头说：“加油！”从那以后，上课时我不再睡大觉，为了写好作文，我把全班同学的作文选统统借来，认真阅读和学习。此后，我的作文越写越好。

多年后，当我坐在舒适的办公室看着报刊上署着自己名字的一篇篇文章时，心里便充满无限感激和庆幸。我常想，如果当年我的谎言被揭穿，我会在同学之间抬不起头来，我会恨作文，恨学习，恨所有瞧不起我的人，我的心会被仇恨的火焰烧烤得焦黑一片。而语文老师温和的言语和温柔的摩挲，犹如丝丝春雨，不着痕迹地冲刷了我的谎言和惶恐，为我的心注入温柔和善意，催生了我那颗埋葬在心底的文学种子。

他从小是孤儿，十几岁成为混世魔王。因为偷窃两次被抓。第二次刑满释放后的一天。他在大街上一圈圈溜达，肚子开始咕咕叫起来。每当他想要走近热气氤氲的饭摊，总会远远地传来“滚开”的呵斥声。为了能不饿肚子，他豁出去了，在路边一家水饺摊前站住，眼睛紧紧盯着正在盛水饺的女人围裙上那个鼓鼓囊囊的兜。他蹭到女人身边，正要下手，女人指着旁边的位子说：“兄弟，饿了吧，您喜欢吃三鲜馅的还是猪肉馅的?”女人的目光和声音让他想起去世的奶奶。他抹抹眼角说：“我……我没带钱。”女人笑笑说：“没事，先吃饱，改天带钱来。”他吃到了热腾腾的饺子，流着热泪。

我见到他时，是在电视里，那时他已是一家饭馆的老板。记者问他，你为什么免费给那些流浪儿提供食宿？他对着话筒说，我只想让社会上少一个坏人。他曾经因为一个个白眼，一声声“滚开”而内心冰冷，对生活失去信心和希望，对这个世界充满仇恨。而那一声“兄弟”，一碗热气腾腾的水饺，仿佛和煦春风，为他的心带来了暖意，使其重新萌生嫩芽。

只要一句温暖的话，就可以扶正他人倾斜的心灵，校正他人偏差的人生坐标。在一个人被寒言冷语包围的时候，只要一句关怀、呵护和鼓励的话，就能使人努力奋进、积极向上。在一个人身陷绝境，茫然四顾辨不清方向的时候，只要一句点拨、抚慰和欣赏的话，就能使他们的心灵柔软，为他们冰冷的心送去温暖，重新萌发希望的嫩芽，改变他们的命运和人生。

那年的秋天很温暖

那是很多年前的事情了。

树上的叶子簌然而落的时候，我拉起拉杆箱，去了一个陌生的城市。

一个星期后，准备回家时，突然想起宾馆后面的小山很美，便独自去了，上山时不小心崴了脚。正暗呼倒霉，一个长发飘飘的女孩走过来，将我扶到路边，叫来一辆三轮车，把我搀上车。

到了医院门口，等我下车付钱时，师傅说，付过了。顿时，我心里暖融融，亮灿灿的，一如洒在身上的缕缕秋阳。

因为伤着了筋骨，医生说得住院，而且至少要静养两个星期，我只好在医院附近找个旅馆住下来。隔壁大哥见我走路一瘸一拐，说，有什么事儿吱一声，别硬撑着。

为了少走路，我买来一大包吃食，方便面、面包、饼干、豆奶粉……一日三餐不用出屋。一天，我出门打开水，迎头遇见隔壁大哥，他伸手接过我手里的暖壶，掉头就走，走了几步，突然停住，转过头来问我，这几天去哪了？当他得知我连吃了三天速食后，唬起脸说，不要命啦？

这以后，大哥天天给我送饭，一天三次。小米粥、煮鸡蛋、水饺、面条、排骨汤……还有水果。我心里很是过意不去。他仿佛猜出我的心思似的，说，我每天买饭，顺带着给你捎些。

两个星期后，我的脚痊愈了。临走前，我想当面向大哥道声谢。敲开门，一个女孩儿盯着我说，你找谁？我说我找这屋的大哥。她说，走了。见我站着不动，女孩又补上一句，昨晚上走的。我心里失落落的。

结完了账，我拉着拉杆箱走出旅馆。在大门口，遇见一个大妈，她说，脚好了吗？见我疑惑不语，她望着后面的楼房说，哦，我是这里的老板娘，听老头子说，有个房客崴脚了，我猜八成是你。她喘口气接着说，听说你家是 H 城的，咱们是老乡哩，离得可近啦……

见她絮叨个没完，我插空和她打个招呼，拉起拉杆箱就走了。身后却传来一个女高音，等等——

我回头，老板娘一边朝我摆摆手，一边对着手机说，这天好像要下雨的样子，你用自行车把她送去车站。愣神的工夫，房东大叔推着自行车从门里走出来，走到我跟前，笑盈盈地说，上来吧。

心底倏然涌起一股暖。从此，这个城市不再陌生，就像我的又一个故乡。

那年的秋天，我遇见一群好人。

那年的秋天，很温暖。

小鸟时来啄食

效区有处老房子，一直闲着，我打算将它卖掉。

广告才贴出去几天，原来的老邻居张姨便找上门来，她说，她和老伴都已退休，想找个清静的地儿安度晚年，她觉得老房子位置正合意，想让我带他们去看看。

张姨和老伴儿一眼就看中了老房子。看着他们喜不自禁的样子，我把嘴边的话咽了回去。

一年后，一次路过老房子，要不是门前那两尊石狮子，我差点儿认不出来。院子前面的臭水坑不见了，取而代之的，是一片长满青碧的小草和各色小花的园子，几只小鸟在园子里走来走去，不时低头觅取食物，悠闲自得的样子，仿佛农家院落里的鸡鸭。

突然听见有人叫我，是张姨。她拉起我就往家里走，在沙发上坐下后，我问起臭水坑的事儿。张姨孩子般朝我诡秘一笑，说这得感谢鸟儿们。

张姨沏好一杯热茶递到我手里，然后，坐在我旁边，和我絮叨起小鸟的故事：

我和老伴搬过来后，第一件事儿就是清除臭水坑。我们先把臭水坑里的水一勺一勺舀出来，然后从工地上找来碎石块、砖头等填进去，最后又买来几车土铺在上面，用了一个多月的时间，大坑终于被填平了。看着平平整整的院子，老伴乐得胡子直往上翘。更让人高兴的是，几天后，突然飞来一只小鸟，站在对面的楼顶上左瞅瞅右瞧瞧，就是不敢下来，于是我抓了一把米撒到空地上。

鸟儿兴许是被人吓怕了，歪着小脑袋，定定地瞅着地上的米粒，就是不肯飞下来吃。我和老伴连忙躲到屋里面，这时，鸟儿才扑棱起翅膀飞到空地上，但只啄了一粒米粒儿，接着就又飞到楼顶上去了。过了一会儿，便又飞下来啄。就这样飞来飞去的，等它吃饱了，我们早饿得不行了。

后来，鸟儿的胆子一点点大起来，头也不抬地连啄几粒后才飞回楼顶。再后来，它就不怕了，吃几粒，然后抬起头来往四周瞅瞅，就再低下头去吃。吃饱了，就在地上走来走去的，还不时歪起小脑袋盯着我们看。这时，老伴总是笑呵呵地说，它在对我们说“谢谢”呢。再再后来，鸟儿像得了信儿似的，一只接一只地飞了来。

张姨接过我手里的茶杯，续上，然后严肃起面孔说，冬天，一场大雪过后，鸟儿们就不来了，那些天，我们总觉得心里没着没落的。于是我让老伴买来铁锹和镢头，我们把冰雪一点点刨开，运走。没成想，我才把米撒到空地上，鸟儿们就呼呼啦啦飞来了。

张姨脸上重新露出灿烂的笑容。她接着往下说——

一场春雨过后，空地上忽而长出一片青悠悠的小草，接着，红花儿、黄花儿、粉花儿陆续从地下钻出来，这儿一朵，那儿一朵。一天，老伴神神秘秘地对我说，他发现一个秘密，那高兴劲儿，仿佛阿里巴巴发现了藏宝洞的密钥暗语似的。我追问半天，他才拖着长腔说，春天来的时候，他就发现小鸟每次从外面飞来，嘴里都好像衔着什么东西，等它飞落到空地上，就把嘴里的东西吐了出来，后来，他终于找到一粒油菜花的种子，接着，狗尾草、牵牛花、马齿苋……这些花花草草便陆续在园子里安家落户。这时，老伴儿不笑了，他激动地说，鸟儿们这是在报恩啊。

我正欲起身告辞，张姨的老伴儿推门进来，他朝我笑笑，接着把目光转向张姨说，是不是又在说你的宝贝鸟儿啊。这位头发花白的老校长走到窗前，望着院子里青碧缤纷的园子，仿佛自言自语地说，归有光在《项脊轩志》中说，“小鸟时来啄食，人至不去”，大概就是这个意境吧。

我说，最贴切的说法应该是，“小鸟时来啄食，以琼瑶相报”。老校长连声说好好好，张姨在一旁笑着附和。这时，一只小鸟飞落窗台，歪着圆鼓鼓的小脑袋望着我们，发出清脆婉转的啁鸣。

一张温暖的欠条

晚间散步，遇见同学。她劈头就说，你相信这世上有好人吗？好得犯傻的那种。接下来说了下面的事：

那天，我妈骑三轮车从外面回来，一进门就说，她遇着好人了。我揶揄道，是不是有人白白塞给你一个大红包？我妈白我一眼，这孩子，妈说正经的，别打岔。

我妈坐在沙发里，自顾絮叨起她遇见的好人来。

当我听见她说“那人把我的三轮车碰歪了”，我这才把头转向母亲，发现她衣服上沾满尘土，这儿一片，那儿一片。我妈却仿佛捡了大便宜似的，滔滔不绝地说下去。

“马路上一个人也没有，他原本可以不管我的，他却刹下车子，跑过来扶我，问我摔坏了没有。我伸伸腿，再甩甩胳膊，说，没事儿，走吧。他仍然不走，非让我走几步。确定我真的没事后，又把我搀到车上，说，骑上去试试，看车摔坏了没有。

“你说一个大男人家怎么婆婆妈妈的，我都觉得啰唆了，推开他说，快走吧，我也该回家做饭了。说完，我蹬起三轮车就走了。哪成想，他又追了上来，塞给我一张纸条，他说纸条上是他的手机号……”

这时，我忙不迭地问我妈，纸条呢？我妈说人好好的，要它做什么。说完，站起身来就往厨房走。突然，我妈哎哟一声。我问怎么了，她朝我摆摆手说，没事儿。可是，第二天，我妈就起不来床了。

我把我妈送进医院。当我把做B超、CT、心电图，胸部透视等一系列的检查单拿给医生时，医生说得马上做手术。

我一边给我妈办理住院手续，一边不停地埋怨她，有您这样的吗？一边恨恨地想，一定把那个“好人”找出来。可是，一直到我妈出院，我也没找到那个“好人”。面对一笔不菲的医疗费用，我的火气蹭蹭往上蹿，逼着我妈找出那个写着手机号的纸条。我妈迟迟疑疑地说，想不起来了，一边不停地在各个衣兜里摸索起来。我妈突然颤抖着声音喊，找着了。真是老天有眼。

我用发颤的手指按下那个号码——关机。一连几天，都是这两个字。我虎视眈眈地望着我妈，这就是您老人家遇见的好人！

我妈却仍然为那人辩护说，兴许人家手机没电了呢。但说这话时明显没了底气，不过为自己讨回点儿面子而已。

那天是个很好的天气。然而，阳光有多明媚，我心里就有多阴晦。但我不敢再埋怨我妈。这件事情以后，她在我面前像个犯人似的，一天到晚大气都不敢喘，让人心疼不已。这更增加了我对那个“好人”的愤恨。

一天，一个男人按响我家门铃，他说他找一个骑三轮的大娘，一个月前他碰了她。我正要火山爆发，母亲急慌着走过来，把他让进屋里。

在我如炬的目光里，他低下了头。

他说他原本打算第二天就来看我妈，可是家里出了点事，一直没脱开身……

我打断他说，啥也别说了，先给我报销十万元的住院费。

我妈连忙出来打圆场，问那人，你是怎么找到这里的？他说，那天您接过我的手机号后，骑上三轮车就走，我不放心，悄悄在您后面跟着，看您进了家门才离开。他忽而把头转向我说，您请假照顾大娘，单位要罚款的吧，一并算到我头上。

我妈接过去说，这可使不得，要不这样吧，十万，咱们一人摊一半。再说，那天要不是我急慌着回家做饭，也不会……

那人说，人是我碰的，这钱怎么能让您拿呢？稍作犹豫，他不好意思地接着说，我一下拿不出这么多钱，我先给您打个欠条行不行？您放心，一个月之内我一定还清。

我顿时火起，恨恨地说，蒙人的吧，就像那张写手机号的纸条一样。

他的脸腾地红了，结结巴巴地说，对不起，那天搀扶大娘时手机可能从兜里掉出来了，我换了新号。

同学突然换上一种动情的语调说，你知道吗？他是个残疾人，他的两条腿是假的。为了十万块钱的债务，他竟然在两家工地干活，什么活钱多干什么。他的假肢都累断了，又没钱换新的。他是坐着轮椅来我家还钱的。他说，他的两条腿是在一次车祸中没的，撞他的人跑了。

五彩缤纷的霓虹灯下，同学脸上闪着莹莹的泪光，亮闪闪，暖融融的。

慈善的是心

小城的一所中学，最后一节课的下课铃响后，同学们便忙着收拾书包，准备回家。

这时，班主任却走进教室，神情凝重地扫了一眼大家说，告诉同学们一个不好的消息，贾佳同学需要尽快换肾才能挽留住生命，所以眼下他急需一大笔费用，为了帮助贾佳同学渡过这个难关，学校决定明天早自习前在校门口举行一次捐助活动，希望同学们尽自己所能，为贾佳同学早日康复尽点儿绵薄之力。

第二天，暮色尚未褪尽，学校门口便挤满了捐款的同学，虽然数额从上千元到几百，几十不等，他们的热情却一样高涨，早自习课铃声响起的时候，捐款名单差不多已经填满了。

负责人员收拾起捐款箱正准备上课的时候，一个女生突然跑过来，一边大声喊着，“等等!”可是，跑到负责人面前后，她却站在那儿，犹豫不决的样子，负责人员问她，“同学，您要捐款吗?”她嗫嗫嚅嚅地“我”了半天，也没说出是捐还是不捐，于是负责人员笑着说，没关系的，咱们是自由捐款，赶快去上课吧。

她迟疑着向教室走去，才走出几步，却又突然转身跑到负责人面前，把手里攥着的几张票子和几枚硬币放到捐款箱上就跑了。当身后传来“同学，请留下您的姓名”时，她跑得更快了。

然而，她捐款的事儿到底被同学知道了，他们纷纷说，听说她经过了很长时间的思想斗争后才捐的；听说她爸爸是大老板呢；听说她只捐了五块三；哈哈哈……

她正趴在位子上掉眼泪，班主任突然走到她面前，并让她上讲台和同学们说说捐款的事儿。她听了，仿佛一只受到惊吓的小鹿，猛不丁从椅子里站起来，老师，我……望着班主任鼓励的目光，她缓缓走上讲台。

她低头望着自己的脚尖说，半年前，我爸爸的公司倒闭了，为了躲债，爸爸远走他乡，妈妈靠打零工的钱供我上学。我不忍心再跟妈妈要钱，昨天放学后就去街上拾塑料瓶，一共卖了三块三毛钱，剩下的两块，是我省下的饭钱。

班主任走上讲台，抚着她的头说，学校决定推选你为“爱心大使”，下个星期代表咱们校去参加市里举行的一个慈善演讲比赛，好好准备准备。

班主任把目光转向同学，意味深长地接着说，同学们，请你们记住：慈善不仅仅是金钱或财富，而是一颗善良的心。

女孩的妈妈曾在我这儿做过钟点工，她是含着眼泪和我说这件事的，但显然可以看出，和我一样，她的泪水里噙满感动和欣慰。

最温暖的一个冬天

女儿考上县城一所中学。女人跟着从乡下跑到城里，她想在女儿学校附近租间房子，一边打工，一边看护着女儿。

接连问了好几家，房费都高得吓人。女人便开始拣破旧的房子问，有的房费倒还承受得起，只是，人家都嫌她租赁的时间短而拒绝了。

女人正打算到离学校远点的地方再去问问，一个房东主动找上门来。是一位头发花白的老人。

女人随老人来到一处房子，她环视了一下说，这房子我租不起。说完，转身就往外走。

你看着给吧。

女人稍一迟疑，接着继续往外走。

我听说你租不长时间，正合乎我的意思，多点少点的，总比闲着强。

女人猛地站住。老人继续说，不用急着交，愿意什么时候给就什么时候给。女人转过身来，提出按比较破旧的房租价付给老人，老人说行。女人欣喜若狂。女人这才发觉，自己很久没这么高兴过了。

女人在租房合同的期限栏里写下“半年”。心想，半年后，男人就出来了。

终于熬过五个月又三个星期，女人开始收拾东西。望着窗外纷纷扬扬的雪花，女人心里萌动出缕缕欢娱的情愫，心想，再熬九天就可以和男人一起带着女儿到另外一个城市了。女人更高兴的是，凭着男人的智慧和能力，不久的将来他们便会东山再起。

女人数了数兜里的钱，然后买来一大堆女儿爱吃的菜、水果和零食，算是为即将到来的黎明庆贺一下。可是，几个小时后，女人的美梦便被一个电话击得粉碎，男人被查出漏罪，加刑半年。

这时，女人已身无分文。

晚上，老人喊女人一起吃饭，算是分别宴。饭桌上，女人不禁长吁短叹。老人问她是不是有什么心事儿。这句话，仿佛一颗催泪弹，女人的眼泪吧嗒吧嗒掉下来，女人把男人“进去”并被加刑的事情说了出来。

老人安慰女人几句后，说，如果你愿意，尽管在这里住下去。房费的事，以后再说。女人对老人千恩万谢，心终于安定下来。

一天，女人发现，老人家里突然热闹起来。一对中年夫妇每天都会带着一个孩子来到老人家，晚上的时候就又离开。接连几天，天天如此。

女人问老人是不是家里来了客人，老人说是，然后就扯到别的话题上。

不知不觉便到了除夕。窗外，雪花纷纷扬扬。

看完晚会，女人催女儿睡觉。走到卧室门口，女儿突然回过头来说，爸爸怎么还不回来？

女人的心猛地抽动了一下，但她很快就平静下来，朝女儿笑笑，爸爸想早点让咱们也住上像爷爷家这样的大房子，所以他……

女儿用手势制止了女人。女儿早就从同学那里知道了父亲的事情，今晚，她想要揭穿女人的谎言。窗外忽而传来咯吱咯吱的声音。跟着，听见一个男孩说，爸爸，我们为什么要住在宾馆里？

哦，爷爷家的房子租出去了。

爷爷不是说，咱们回来的时候正好到期吗？

可是，房客家里发生了意外情况，爷爷说，冬天，原本满眼萧瑟，如果这时把她们赶出去，她们心里会更加寒冷。

咯吱咯吱的声音渐行渐远，终于消失在白亮亮的夜幕里。

女儿泪眼迷蒙地望着女人，把嘴边的话咽了回去。

女人怀抱着女儿，泪眼婆娑地说，孩子，这是我们度过的最温暖的一个冬天……

豁口穿行快乐

《童年》里唱道："多少个日子里，总是一个人面对着天空发呆……"小时候，我常常对着院子里的那道高墙头发呆。

高墙头那边住着二奶奶。二奶奶裹着一双小脚，不用下地干活，所以每天她家的烟囱总比我家的先冒烟。一天，我捂着咕咕叫的肚子问母亲，你小时候咋不裹脚？母亲就瞪我，去！去！这孩子。

二奶奶的脚虽小，她家的石榴树却长得很高，比墙头高半头。石榴花盛开的季节，二奶奶家的石榴树便使出浑身解数引诱我的眼球，直到有一天，我踩着板凳，爬上那堆柴禾垛，再爬上墙头，摘了一大捧石榴花。当我捧着石榴花到柴禾垛时，二奶奶家的门吱扭响了，接着扑通一声，柴垛上的我趴地上了，额头上的血和石榴花一样红。母亲一边给我擦洗包扎，一边数落我。这时二奶奶来了，她从怀里掏出两个鸡蛋递给母亲说，刚从窝里拾的，给孩子补补。说完，二奶奶就走了，好像有什么急事似的。

第二天，我从屋子里出来时，突然发现院子的西墙根兀地长出一棵石榴树，红艳艳的石榴花像千万只红蝴蝶在绿丛中飞舞。母亲说，二奶奶昨天找人把墙头铲了个大豁口。二奶奶说，等石榴熟了，好让你过去帮她摘哩。我那时虽然少不更事，但也知道二奶奶铲下墙头上的那个大豁口，绝不是为了让我帮她摘石榴，即便她够不着摘，还有二爷爷，还有他们的儿子。

从那以后，我不再对着高墙头发呆，不再嗔怒母亲为什么不裹脚。每天二奶奶做好了饭，就扒在墙豁口上喊，妮，饿了吗？饭好了。二奶奶的儿子好像很有钱，每次回家，总给二奶奶捎很多好吃的，二奶奶每次都扒在墙豁口上喊我过去帮她吃。我像只快乐的小燕子，在二奶奶家和我家飞来飞去。母亲常嗔怪我，整天往二奶奶家跑，真是个大馋猫。每每此时，我不服气地说，我不也是你们的二传手吗？母亲便无语。因为自从有了那个墙豁口，母亲和二奶奶让我帮她们传递一棵葱或一勺油是常有的事。

墙豁口还是我小时候的保护伞。

一天，我偷吃了母亲准备过年用的小炸鱼，就像猪八戒吃西瓜，一条也没留下。母现发现后，火气冲天，要不是我麻利地跳过那个墙豁口，笤帚疙瘩早雨点般落身上了。后来，母亲每每提起此事，总侥幸地说，多亏了那个墙豁口，要不说不定我身上会多道疤呢。

墙豁口使二奶奶家和我家的界线不那么分明了，使得那道高墙头看上去不再那么完美，但里面填满了我童年的快乐和温暖的记忆。

如果给心灵留个豁口，受益的一定是心情抑或整个人生吧。

菜场人生

我没事的时候，喜欢去菜市场溜达。

菜市场里不仅有新鲜应季的瓜果菜蔬以及扑面而来的鲜活气息，而且，那些双脚黏满泥土的菜农总会让我想起老家的一些人，想起美好的童年时光。

渐渐地却发现，菜市场并非想象中的那般美好和诗意，那里也有阴云雾岚和风霜雨雪。

她是一个年轻的妈妈。一辆电动三轮车是她混迹菜市场的行头。三轮车上装着樱桃、甜瓜和一个小女孩儿。

我正要问她樱桃多少钱一斤，女孩儿突然说，妈妈，我想吃樱桃。她从樱桃堆里挑了两粒品相不好的递给女孩儿，一边吓唬女孩，不许再要了哈，九元钱一斤呢。接着，她突然惊叫起来，妈呀，坏啦！坏啦！这下可坏大啦！女孩儿惶恐着说，妈妈，怎么了？她仿佛没听见似的，自顾一连声地说，坏啦！坏啦！这下可坏大啦！眼睛直勾勾地望着摊前的那条马路。

我抬脚准备离开时，突然听见她用哭腔说，妈妈真是笨蛋，刚才忘了调秤，把樱桃当成甜瓜卖给了人家。那时，甜瓜两元钱一斤。

他是一位上了年纪的老人，枯瘦如柴，胳膊上、手上的青筋暴起，仿佛随时要爆裂似的。他已老眼昏花，头脑反应也显得格外迟钝，动作慢腾腾的。

他的推车里除了一小筐无花果，别的什么也没有。或许无花果实在太稀罕了，大家一哄而上，将老人的推车围了个水泄不通，并纷纷抢着往自己方便袋子里装。我挑好了小半袋递给老人，老人低头称秤的当儿，身边的几个大妈突然拎着满满一袋子无花果逃之夭夭。

我想喊住她们，可是，我最终选择了沉默。老人称完秤，转眼去看筐里的无花果时，奇怪着说，咦，怎么还剩这么点儿？我掏出一张票子，递到老人手里就走了。一路上，老人枯瘦如柴的手和他胳膊上、手上暴突的青筋总在我眼前晃动，晃出我的眼泪。

菜市场里的这些小人物以及他们的遭遇，已经镌刻在我的脑海里。每当我对生活感到意兴阑珊的时候，我就会想起他们，想起那一幅幅让人痛惜的场景和画面，那颗对快乐和幸福几近麻木了的心就会被唤醒，并升腾出一股生命的意志和力量。

邻居是阳台上的一盆花

邻居孙姐是个热心人，而且学得一手好厨艺，她总是隔三岔五喊我去她家吃饭。由于我平时大多在单位食堂吃饭，偶尔在家做一次饭，缺葱少盐了，便去孙姐家拿。

一天，因为一个小误会，我和孙姐闹了点小别扭，为避免尴尬，从此我便刻意躲避着她，不得已碰见了，也只是象征性地和她打个招呼便匆匆离开。可渐渐地，我心里开始感觉空落落的，生活也仿佛变得灰暗起来。特别是到了周末，孙姐家的饭香味儿仿佛故意吊人胃口似的，在鼻间氤氲不散。好几次，我忍不住跑到门口想找孙姐和解，最终因为碍于面子而作罢。

一次，我去外地学习，第二天才想起忘了打电话通知送奶员了，而送奶员的电话号码记在我家的台历上。那些天，做梦都梦见我家门口挂满过期的牛奶。

一个月后，学习结束。我战战兢兢走到家门口，却发现门上一袋牛奶也没有。一半释然一半狐疑地走进屋子，刚要转身关门，突然看见母亲。母亲劈头就说，“你这个干姊妹真好”。母亲一边说，一边和我一起坐在沙发里，然后，开始絮叨起孙姐的好。

原来，头一天下午母亲就搭车从乡下老家来了，见家里没人，就坐在门口等。一直不见我来，便准备下楼去找公共电话，因为晕车，母亲刚一起身就哇地吐了，正好被买菜回来的孙姐看见。孙姐把母亲让到家里后，又把楼道擦洗得干干净净。见天色已晚，孙姐劝母亲住在她家里，并说，她和我是干姊妹，让母亲不要见外。

听了母亲的叙述，我不顾一身疲惫，敲开了孙姐家的门。孙姐看见我，仿佛什么事也没发生似的，招呼过后，满脸笑容地接着说，那天她看见那袋牛奶在我家门外挂了一夜，便揣测我可能是出远门了，于是特意等送奶员来时告诉她不要送了，并把门上的那袋也结了账。

回到家，我把之前自己躲避孙姐和牛奶的事情告诉母亲后，母亲嗔怪我说，邻居时间长了，之间难免发生小误会小磕绊，有了，就要想法子去化解，这样才能大事化小，小事化了，就像一家人，只有不任性，不计较，才能和和美美地过日子。

母亲往阳台上瞅了一眼接着说，好邻居就像阳台上的一盆花，会给你的生活增色添香。用面子求得邻里和谐，就好比给花儿浇水逮虫，换来的是心的舒坦和馨香。

打　赏

每当我沉浸于文字带给我的欢愉和幸福里，心里就会充满无限感动和感激。

那是一个周末。在微信圈看到一个帖子，“母亲节”约稿的。

那天，我正为一件事情伤心着，正想念母亲。这个稿约，一下打开我思念的泉眼，儿时温暖的一幕幕，呼呼啦啦涌至面前。于是打开电脑，噼里啪啦在键盘上敲打起来，一任思念的潮水在屏幕上瀑布样涌淌。

停下来时，屏幕上已铺满密密麻麻的文字，仿佛退潮后留下的一片沙滩，湿润润，亮灿灿的，散发着清爽的气味儿。我突然被吓住了。从小我就惧怕写作文，做梦也不敢想，我会一口气写下这么多文字。

惊喜过后，我皱眉苦思，给文章起个题目，把它发到了朋友圈。不大会儿，一个相熟的朋友说，写得挺好的，可以投给编辑。我说，我害怕编辑老师笑话。朋友说，不会的，再说了，编辑的邮箱里每天都躺着上百封邮件等着看，哪有闲工夫笑话你？

我觉得朋友说得不无道理，便就按着稿约上标注的邮箱投了出去。过后，也就把这事儿忘记了。

一天，打开微信朋友圈，突然收到一个红包，上面写着：读者的打赏。点开后才知道，是读者奖励我的稿费。虽然只有区区五元，可是，这惊喜比天上掉馅饼还让人兴奋。而且，我顿时从迷茫的阴影里走出来，走到灿烂的阳光里。从此，我拿起笔，开始了我的写字生涯，并一发不可收拾。

渐渐地，写字成为我生活中不可或缺的一件乐事儿。每每写出一篇心仪的文章，看着自己的文字变成铅字，收到报社寄来的样报或稿单，心便欢愉得不能自已。写字，让我的生活变得如诗如画，让我的心灵变得充盈而美好。

我至今不知道，那位打赏我文章的读者的名姓。或许是那个相熟的朋友，或许不是。但这于我已经不再那么重要。重要的是，从那以后，我懂得了，在生活或工作中常常用赞赏的目光或语言为别人的“作品”打赏。不费吹灰之力，却可以为自己赢得一个好人缘，给别人带来一个好心情。甚至，可以改变一个人的生活或人生。

人情是一种暖融融的味道

又到了“石榴似火映小山”的季节。孙姨家的石榴树一定被满枝的石榴压弯了吧。

孙姨是我从前的邻居，我们两家中间隔着一道墙。挨墙根有两棵树，香椿树是我家的，石榴树是孙姨家的，树梢相接，虬枝相连，你中有我，我中有你的样子，仿佛一对亲密无间的情侣。

有年秋天，石榴成熟的季节，孙姨端了一筐红艳艳的石榴给我送来。正值仲秋节临近之际，我原本想买些的，问价格，贵得很，没舍得。望着筐里一堆吐露红玛瑙的石榴，我偷偷咽下口水，撒谎说我家有。孙姨说，你家有是你家的。说完，将一筐石榴倒在茶几上就走了。

望着滚落一桌的石榴，我心里沉甸甸的，仿佛一筐石榴压在心尖上。那时，我才搬来不久，和孙姨还不太熟，突然平白无故接受她一筐石榴，心里很是过意不去。寻思了一会儿，我决定买二斤月饼送给孙姨。

母亲得知我的想法后，阻止我说，人家前脚给你送来一筐石榴，你后脚送给人家二斤月饼，清账啊？我说，我也不能白白欠孙姨的人情呀？

母亲说，什么是人情？人情就是你来我往，不止是一种礼节，更是一种暖融融的人味儿，来往中的欠和还不是一次性买卖，而是将这种人味儿持续下去的纽带。

我听得一知半解，母亲继续开导我，欠人家的情不必急着还回去，那会让人家觉得很尴尬，先把它记心里，只要时时想着人家的好，以后偿还的机会多得是，而且自然而然，就像亲人之间，你想着我，我想着你，心里却没有一点儿挂碍和负担。

我心里豁然一亮。想起从前，每当别人对我丁点儿好，我便猴急着加倍还回去，渐渐地，人家对我便一点点疏远起来。原来，是我亲手剪断了那根氤氲着浓浓人情味的纽带。

果真如母亲所说，因为记得孙姨的好，第二年春天，香椿芽才一长出来，我就想起孙姨说过的话，香椿芽怎么做都好吃，就是太贵了。于是我揪了一筐给孙姨送去，并对她说，吃完了随时到我家去摘。孙姨喜得跟花儿似的。

后来，搬了新家，我便再没见过孙姨了。但每年石榴成熟的季节，我就会想起她，想起她家的石榴树，那根用“欠”和“还”编织而成的人情纽带上氤氲着的暖融融的味道便扑面而来。

同　情

遇见菊儿，是在医院里。她和菊儿同一个病房，菊儿住23 号床，她 24 号。

小时候，一到暑假，她就被送到姥姥家。菊儿是她在姥姥家认识的第一个小伙伴。姥姥家在胡同西，菊儿家在胡同东，站在姥姥家大门底，就能看见菊儿家院子里的鸡鸭猫兔。

菊儿常常用脚踢她家院子里的小动物，她对菊儿说，它们会疼的。菊儿便笑，它们又不是人，咋会知道疼？她拿了童话书给菊儿看，菊儿却抡起胳膊一挡，书掉在地上，菊儿并不去拾，只顾说，我才不稀罕看书哩，我喜欢下地干活。那时，她就开始同情起菊儿，菊儿不知道小红帽的故事，要是遇见大灰狼怎么办？

上了中学，她就很少去姥姥家了，听姥姥说，那时就有人给菊儿说亲。后来，她有时会想到菊儿，心里就会难过一阵子。好几次，她想去看看菊儿，母亲说，算了，见了你会更难受。

如今，她和菊儿竟然在医院里相见，而且住一屋，是机缘巧合，还是上天的刻意安排？

菊儿的男人也来了，黑红的脸膛，笑起来有点儿憨，一副标准中国农民画像。菊儿自豪地对她说，他和你一样，是个文化人。她问他学的什么专业，菊儿说，上了五年小学哩。

她笑着点点头，心里涌起一种异样的感觉，并不禁地在暗自埋怨起菊儿的父母，为什么不让菊儿上学呢？

菊儿问她，你做啥工作？菊儿的男人抢过去说，白领。这时，她不禁有些得意起来，心里漾起欢愉的纹儿。近两年，生活仿佛对她特别宠爱，在她身上演绎着一个个神话，她从一名最下层的一线员工突然被调到领导身边做文秘，从此，她如虎归山，能量超乎寻常地被释放出来。如今，在业内已小有名气，尤其，头顶还罩着个作家的光环。这些，她没对菊儿说。她想，说了，菊儿也不懂。

她和菊儿是在同一天上的手术台，她比菊儿晚两个小时。菊儿的男人把菊儿从手术车抱到床上，把菊儿的腿脚都放平了，盖上被子，掖好被角，再把菊儿额前的一绺头发拨到耳朵后，然后开始给菊儿按摩。医生嘱咐的喂饭时间到了，菊儿的男人开始一勺一勺给菊儿喂饭，当然是先吹凉了。可能是担心吹不好，每次他都先用嘴唇试过后再喂给菊儿。接着，他开始一口一口地给菊儿喂香蕉，香蕉是用开水烫过的。这期间，他不停地和菊儿说着话，他说他怕菊儿睡着了，再也醒不过来。

她躺在病床上，胃液翻江倒海般往外涌，两条腿像绑了两块大石头，动弹不得却沉得要命，仿佛要把她拉进一个无底洞。迷迷糊糊中，她听到有声音从很远很远的地方传来，她屏息聆听，想找寻一个熟悉的声音，她大声呼喊，想让人来救她，可是没有人来。她看见一群猛兽正朝她围拢过来，一个个血口獠牙。一个炸雷般的声音突然从她嘴里迸出，爆裂——妈妈！妈妈！撕心裂肺的声音将她唤醒，她连忙停止了哭声。菊儿对男人说，你去给她按摩按摩。菊儿也挣扎着从床上走过来，一下一下帮她按摩。

菊儿突然说，你男人为啥没来？她的心仿佛被针扎了一下，她吞吞吐吐地说，他，嗯……

每到吃饭的时间，菊儿都会问她想吃什么，然后让她男人去买。

出院那天，她和菊儿都欢喜得不得了。菊儿的男人给菊儿洗了头，然后擦干，再用手一缕一缕地梳顺了。菊儿说，行了。然后让男人帮她洗头。

她拒绝了。

分手时，她很想表达一下对菊儿夫妇的谢意，想了半天，她心头一亮，邀请他们到家里去做客，让菊儿看看自己的书橱，然后送她一本自己的书，并趁此开导菊儿，一定要让孩子好好上学。

菊儿突然把手伸到她脸上，摩挲着，一下，一下。嘴里不住地嘟哝着，说的什么，她一个字也没听清。完了，菊儿说，我给泰山老母说，你是个好人，请她保佑你，不要让你再受苦了。菊儿突然抹起眼泪来，拉着她的手说，我很同情你。

爱的姿势

在公园里晨跑，看见一个蝉壳，在一条鹅卵石小路旁边的灌木丛里的一根枝条上挂着。

我伸手想把它捏下来。没想到，它却抓得那么牢。我只好用些力气把它揪了下来。

一到我手上，蝉壳就又抓牢了我的手指。我手掌朝下，五指张开，晃晃，它仍然稳稳当当地在那根食指上倒悬着，仿佛被胶粘住了似的。看着这个早已死去的尤物以及它透明的土黄色薄膜上那条一指长的裂口时，忽然地，我心里便涌动出一股感动和敬畏的情愫来。

想起看过的一个故事。

妈妈和儿子一起爬山。爬到山顶后，他们找了个僻静阴凉的地儿，然后，坐在一块石头上，一边休息，一边浏览山顶风光。儿子突然指着不远处崖壁上的一株黄灿灿的小花说，妈妈，那是什么花？不等妈妈回过神来，儿子早已飞跑过去。跑到小花跟前，儿子便蹲下身去，伸手去摘那朵小花。跟着，传来一声凄惨的叫声。跟着，妈妈冲到崖边，一把拽住儿子的胳膊。

妈妈拼命往上拉儿子。可是，只有几十斤重的儿子此时突然变成一块巨石，他不但丝毫不往上升，反而将妈妈死命地往下拽。妈妈感觉自己的胳膊仿佛断裂了似的，她想，如果再这样下去，非得和儿子同归于尽不可。

妈妈拼尽全力往上一提，然后以迅雷不及掩耳之势，倏地咬住儿子的衣领。一秒，两秒，十秒。一分钟，两分钟，十分钟。仍然没有人发现他们。突然，一滴鲜红的液体滴到儿子脸上。儿子哭着说，妈妈，你嘴流血了。妈妈不能说话，她用眼神示意儿子不要动弹。

鲜红的血液，一滴接着一滴，一滴比一滴流得更快。儿子的整个脸以致全身都被浸红了。她在心里说，就是死，我也不会松开儿子的衣领。

不知过了多少时间，终于有人发现了他们。当人们把儿子从悬崖下拉上来时，妈妈却仍然死死地咬着儿子的衣领。有人只好掏出剪刀，把儿子的衣领剪了下来。此时，妈妈已经不省人事。

在救护人员的全力抢救下，妈妈终于苏醒过来。后来，有人问她，您怎么那么大力气？她淡然一笑，我也不知道，就是心里想着，死也不能让儿子掉下去。

蝉壳死死地抓住树枝，并不惜将自己小小的身躯生生撕裂出一条口子，为的是能让蝉从壳里钻出来，然后飞上树梢，过快乐而幸福的生活。虽然已经死去，但仍然保持抓牢的姿势。这期间所经历的险境和疼痛以及拥有的坚韧，同那位妈妈是多么地像。

这样的姿势，诠释出人间的真爱，大爱。感天动地，是尘世间的大爱，最美。

送上门的红包

周末，去城西办事。步行。

突然听见一个声音说，去哪里？坐车吗？是一辆三轮车。我摇摇头，继续往前走。那人却像影子似的，跟在我旁边，不停地向我游说。看样子，一时半会摆脱不掉，恰巧走得有点累了，问他，去城西多少钱，他说八块钱。我从前坐的都是六块，我说便宜点儿，他说，不行。我不再理他。他却仍然赖着不走，摆出一副软磨硬泡的架势，与我齐头并进。我有些生气地说，六块，行就行，不行赶快去揽你的生意。他显出一幅难为情的样子说，上来吧。

他仍然鸡婆似的叨个不停，仿佛吃了大亏似的继续和我讨价还价。他说，城西正在修路，难走得很，还得绕行，六块太少了，能不能再加两块？加一块也行，我们干这行也不易，一天光耗电就得……我的忍耐底线终于被冲破，一字一板地说，停车，我要下车。他突然显出很紧张的样子，顺溜的嘴巴也结巴起来，别别别，别下车，六块就六块吧。他开始专心开车，不再吭声。

到了地儿，我伸手去兜里掏钱包时却摸了个空。我想了一下说，我忘了带钱包，要不我把手机号留给你……他说，发微信红包吧。我说我不会，他说我教你。他突然嘿嘿笑了两声，说，常常有像你一样忘带钱包的，我就换了个智能手机，央求侄子半天他才肯教我，费了牛鼻子劲了……

我打开微信，加他好友后，他开始一步一步教我发红包。终于发送成功，我叹口气，抬脚离开时，不由得瞅他一眼，在心里说，信任危机下的产物。接着，我便把他从微信好友里删掉。

晚饭后，看手机时，发现有人申请加我微信好友，申请了好几次，其中有个备注里说，我给你发红包。出于好奇，我点了“同意”，心想，如果是骗子，我就报警。

当那个长条形的橘色红包呈现在眼前时，我着实吓了一跳，仿佛那是一枚定时炸弹，一触即发，又好似潘多拉的魔盒，充满诱惑。踌躇间，忽而跳出一条信息：你把红包发成了66块，该6块才对。猛然想起是他，那个蹬三轮车的人。我松口气，点开红包，60.00元。

忽而疑惑起来，为了拉人，他不惜死缠烂打，为了多得一块钱，他宁可遭人嫌弃或训斥，为了将几块钱尽早揣进腰包，霜染鬓颊的人了，仍然逼自己与时俱进。如今，一个对他来说不菲的红包白白送上门去，他却不计前嫌，不惜费尽周折寻上“门”来退还于我。

我觉得我应该给他回复点儿什么，思忖半天，只写下两个字：收到。

除了这两个字，我想不起什么词儿能表达出我此刻的感受和心情——一颗清澈淳朴、磊落坦荡的心灵让整个世界都变得柔软明亮起来的感动和美好。

送你一掬春光我的手

那年，我上初一。

一次，学校组织户外活动，同桌说她妈妈给她买了双运动鞋，一百多块钱。那时，母亲一个月的工资是三十三块三。

放学回到家，母亲让我把鞋脱下来，晾外面，我想起同桌买运动鞋的事儿，随口说给母亲。

母亲突然问我想不想要。我吓了一跳。母亲又说，我有个条件，明天星期六，我教你做游戏，你得乖乖听话。

我瞪大眼睛看着母亲，我觉得我有点儿不认识母亲了。平时，每当我跟母亲要钱买铅笔或橡皮时，她都会感叹一句，怎么用得这么快，然后再嘱咐一句，省着点儿用哈。至于教我做游戏，更是离奇得比做白日梦还不靠谱。往常，即便我生病了，只要发烧不超过三十九度，她就不让我依偎在她的边上，她手里的活计好像比我更重要。

虽然我不敢奢望母亲会真的给我买运动鞋，但我想知道她葫芦里卖的什么药。

第二天，一大早我就起床了，催母亲教我做游戏。母亲却没事人似的，不急不躁，被催得急了，便唬起脸来说，说好要乖乖听话的哦。我只好耐下心来等。

九点多钟，母亲终于把盆里的衣服洗完了，搭绳上，擦干手，说，走吧。

母亲在前面走，我在后面跟。

母亲朝大门外走去，左转，最后在胡同口旁边的那棵梧桐树下停下来。我站在离她半步远的地方，巴巴地望着她。

母亲变戏法似的从裤兜里掏出一条红丝巾，展开，一层一层叠起来，叠成厚厚的长条，蒙住我的眼睛，系紧。我说我知道做什么游戏了，摸瞎。我说我还没玩摸瞎的游戏呢。我说我一定能抓到妈妈。我说……我高兴得有说不完的话。

母亲突然说，往前走，走到胡同那头再松开。我心里猛一失落，但很快振作起来，心想，我照母亲说的做了，即便她不给我买运动鞋，我也得要支新钢笔。

我一下把脚抬起来，跟着，轰然一声，惊慌，恐惧，压抑等一古脑儿向我涌来。又仿佛一堵黑黢黢的墙挡在眼前，脚往前挪移一下，就会碰破额头或鼻子或脸。又似前面是一个深不见底的黑洞，脚一落下去，人就没影了。

我的身体开始左右摇晃起来，我赶紧把脚放回原地。我伸手去揭眼睛上的红丝巾，母亲严肃着声音说，说好要乖乖听话的哦。我不想当一个说话不算数的孩子，而且我也想要一支新钢笔，于是小心翼翼地摸索着往前挪，像排雷似的。心揪得生疼。

一团团黑雾扑天盖地朝我扑过来，越积越浓，越厚，我的心越揪越疼，快要碎裂了似的，我终于停下来。我说我不要运动鞋了，我让母亲把眼睛上的红丝巾解下来。我呜呜咽咽地哭起来。

我的手忽而被母亲攥住。我的心顿时放松下来，仿佛洒进一片春光，惊恐和孤独不翼而飞。我出了口长气，一步一步朝前走去。一会儿工夫，就到了胡同口。

母亲帮我解开眼睛上的红丝巾，我看见一双崭新的运动鞋，和同桌的一模一样。

母亲为什么要给我买这么贵的运动鞋？我想了一整天，仍然没想通，又不敢问，我怕母亲后悔，把运动鞋收走了。

几天后，胡同里搬来一个新邻居，新邻居家有个女孩，年纪跟我一般大。

新邻居搬来的第一天，放学后，母亲让我去找女孩玩儿，我很不情愿地答应了。第二天，放学后，母亲让我找女孩儿玩儿，我挠挠头，说，好吧。第三天，周末，吃完早饭，我撂下书包就往外跑，我想去找同学玩儿，被母亲叫住，母亲让我喊上女孩，我说不喊。我振振有词地说，她眼睛看不见，走路还得我牵着……

母亲说，她虽然看不到，但她能听到，感觉到，就像你的眼睛被红丝巾蒙住，听到害怕的声音，孤独的声音，被人遗弃的声音，心便仿佛掉进深不见底的黑洞里，这时，突然有一只手来牵你的手，你的心就会变得踏实，安暖。

母亲说这话时，太阳恰恰从云层里爬出来，洒了一院子的阳光。我踩着亮灿灿、暖融融的阳光，朝女孩家走去。

第三辑

愿风溯芒

生　花

我是在一个文学群里认识她的，她的文一如她的名，别致，灵动，成为群里一株艳丽无比的花朵。

后来，她讲了她的故事。

和所有幸运的孩子一样，她出生于一个生活条件十分优越的家庭，在父母的百般呵护中长大，从小就过着无忧无虑的生活，从来没为自己的前途担忧过。

十三岁那年，一次体育课，赛跑，才跑出几步，她突然感到双腿疲软，接着便摔倒在地上。送到医院后，被诊断为小儿麻痹症。医生说，她将面临着或许从此不能走路的危险。她无法接受这个残酷的现实，更没有勇气面对同学看她时的异样目光，只好辍学。

从此，原本活泼开朗的她一下子变得沉默起来，一天到晚把自己关在房间里，父母都不让进。在黑黢黢的日子里挨过一个多星期，她实在熬不下去了，决定了却自己的性命。

一天，趁父母不在家，她“走”到阳台，正双手扒着窗棱往上爬，突然传来母亲的声音，一声声叫着她的小名，那么柔和，仿佛呼唤牙牙学语的宝宝。她的心顿时软了下来，可是，当她低头看到自己软塌塌的双腿时，便又坚定了自己的想法，她不想再给母亲增加负担了。但她决定，临走前，买一束花送给母亲。

母亲用轮椅推着她来到一家花店。店主是一个和她的母亲年纪差不多的阿姨，穿着十分考究，举止优雅可亲，一看就是见过世面的人。店主热情地把她和母亲请进店里。知道她的意图后，店主问她，你妈妈喜欢什么花？她回头望望身后的母亲，母亲高兴地说，女儿送的都喜欢呢。

在店主的建议下，她决定买一瓶长寿花的插花。店主问她插几朵，她不假思索地说，十朵。店主便笑，这里的插花有一朵，三朵，五朵……没有十朵的。她奇怪地说，怎么都是单数？双数才是完美的呀。

店主换了一副十分认真的表情说，起初，我和你的想法一样，认为双双对对才是最好的。可是，前几年我去日本学插花，师傅告诉我，一、三、五、七、九是单数，插出来的花叫作“生花”，就是有希望的花，由于不圆满，才显得有希望。而双双对对的插花却被称为“死花”，因为太满了。我听了好感动，回来后，便把店里的插花全部换成单数了。

她对着架子上的插花出了一会儿神，然后精心挑选了九株，并真诚地对店主说了声谢谢。或许母亲太高兴了，回家的路上，不停地和她说这说那，她却一个字也没听清，耳边一直响着店主的话。到家后，她急忙打开电脑，将网名更改为——生花。

她说，从此她的生活仿佛变得无比生动鲜活起来，她一边积极配合治疗，一边请同学给自己补课，同时每天坚持把自己的感受和心得一一记录下来。后来，“生花”便成了她的笔名。

末了，她颇为感慨地说了下面这样一段话：生花因为不圆满，所以充满生机和希望。同样地，有缺憾甚至残破的人生能够唤醒沉睡的心灵，并激发出对生活的激情和向往，从而绽放出最美丽的生命之花。

玉花瓶

科恩比弟弟凯西大三岁，可是，无论什么事情，科恩总是不如凯西做得好。

入学后，科恩和凯西的差距越发明显，尽管他看上去比凯西更加努力。凯西不但学习好，绘画也十分出色，十五岁那年，就办了个人画展，并被一位名家收为弟子。科恩也十分喜爱画画，可他无论画什么，看上去都没有一点儿美感。这让科恩更加自卑起来。

一个周末，科恩一家从外面吃饭回来，发现屋子里一片狼藉。他们马上意识到，遭遇到了小偷。科恩的母亲突然惊叫起来，My God，七彩玉花瓶不见了！她一边拨打报警电话，一边带着哭腔说，七彩玉花瓶是你们的外婆临走时交到我手里的。放下电话，她让凯西画了一幅七彩玉花瓶的画，警察来了好交给他们。

两个星期后，科恩的母亲接到警局打来的电话，说，他们仔细查看了收缴的所有玉器，可是，他们没发现有和画上一样的花瓶。

望着痛哭不已的母亲，科恩嗫嗫嚅嚅地说，妈妈，我也画了一幅七彩玉花瓶，要不让警察按这个再找找看。母亲听了，看也没看科恩手里的画，拉了科恩就往外走，她知道，科恩画得肯定不如凯西好，但她实在太想找到七彩玉花瓶了，它寄托着她对亲人的思念和美好回忆。

来到警局，科恩的母亲让科恩把画交给警察，然后毕恭毕敬地说，先生，麻烦您再仔细找找，那个玉花瓶对我太重要了。警察接过画后，用奇怪的目光瞅了科恩一眼，说，怎么和上次画的那幅不一样？科恩连忙低下头去。在科恩母亲的哭求下，警察终于答应帮她重新找找看。不大一会儿，警察捧着一只花瓶走过来，科恩和母亲同时惊叫起来，七彩玉花瓶！

回到家，科恩的母亲把辨认七彩玉花瓶的事告诉了凯西，并奇怪地说，你是大画家，为什么画出的花瓶和咱们家丢失的不一样？凯西笑笑说，我是用艺术的手法画的，而哥哥画的，是它真实的样子。

从此，科恩再也不认为自己是无用的了，并开始像凯西那样，背上画夹去写生。后来，科恩开了一家画馆，专门为失主画丢失的宝贝。他的画馆不仅帮助失主找回了一件件无价之宝，而且成为警察的得力助手。科恩和他的画馆名气越来越大，生意越来越好，很多社会名流都成为科恩的好朋友。

科恩和弟弟凯西的画，一个艺术，一个求实，他们却在各自的领域中绽放出美丽的成功之花。生命也是这样，无论以什么样的状态呈现于世间，温暖还是寒凉，完美还是残缺，都有它们各自的使命和价值，而且，在寒凉或黑暗中盛开的花朵，会显得更加绚丽，夺目！

春来草自青

那年，我高考落榜了。我觉得，我走到了世界末日。

我把自己反锁在屋子里，不吃不喝。母亲敲门，我歇斯底里地嚷：别烦我！我支棱起耳朵，听听没了动静，接着把头埋在枕头里流泪。

几天后，我饿得实在撑不住了，正巧母亲在门外说，她做了我最爱吃的牛肉面，我便走出屋门。

一天，傍晚，母亲让我帮她收拾院子里的小菜园。母亲一边干活，一边絮叨：想想这土地真是神奇，不管冬天有多冷，不管这地被冻得有多硬，一到开春它就变松软了，种啥长啥。母亲看着墙跟的那棵老葡萄树说，去年它被墙头砸在底下时我就想，这下完了，枝干都断了。没成想，一个春天它又活了过来。你看，还结了好几串葡萄哩。

我不知道母亲说这话是有意还是无意，我听了，心里的冰冻开始一点点融化。

第二天，同学小云来找我，她也落榜了。可是她却笑眯眯的。小云说，她想去亲戚的厂子里打工。

秋天，小云去城里当了工人，我回学校复读。第二年，我如愿考上了省城的一所大学。

毕业后，我和小云在一个城市里上班。因为业务关系，我们几乎天天打交道。几年后，小城里有很多单位纷纷破产，小云的单位效益也大不如从前。可小云仍然一副乐哈哈的样子。每当我问起她将来有什么打算时，她总是那句话：兵来将挡，水来土掩。

后来，小云的单位真的破产了。再见到小云时，她一句怨言也没有，一脸的平静，一如当年落榜的她。小云说，她正准备参加会计专业的自学考试。小云用了三年时间拿到了各科合格证书，并被推荐到一家大公司做会计。前几年，小云又取得了“高级会计师”资格证书，被一家会计事务所高薪聘用。但小云仍然不满足。她说，要想不被生活淘汰，就得时时调整自己，更新自己。

小云用实际行动向我们诠释了生活的真谛：秋来黄叶落，春来草自青。

是啊，生活本来就是一个五味瓶，有希望和欢愉，也有失望和悲伤，这是谁也阻挡不了的。聪明的做法是，勇于面对和接受现实。幸运降临，就好好去享受。磨难来了，就坦然去承担。如此，生命的春天便会款款向我们走来。

冰箱里的白菜花

拉开冰箱门，愣住。一蓬黄灿灿的白菜花，开在一根手指般粗细的茎上，茎从横躺着的白菜心里旁逸斜出，反转向上，蓬蓬勃勃的，恍若冰箱里住着一个春天。

回过神来时，连忙把白菜从冰箱里拿出来。一层层剥去叶子后，把白菜花捧在手里，起身寻找盛放白菜花的器具。心想，手里捧着的可是生命的奇迹呀，一定得找一个配得上白菜花的漂亮果盘儿。可最终没找到。

想起那个做了绿萝花盘的果盘，于是把绿萝换到另一个盘子里。花果盘已经被绿萝的土浸洇得不成样子。把白菜花轻轻放在桌上，开始清洗花果盘。洗洁球，去污粉，洗涤剂……家里所有的清洗用品都用上了。我从来没花这么大气力清洗过任何东西，即便是价格不菲的衣服或物什，只要沾有顽垢，我就会当垃圾丢弃。而这蓬开在冰箱里的白菜花，无论花费多大的代价，我也要给它弄一个雅居。

果盘终于漂漂亮亮的了。我往果盘里装了少许清水，放到卧室地板上那片明晃晃的阳光里，再把白菜花放进去。这时才想起，午饭还没做。看表，13：53。

白菜花仿佛着了魔力似的，我的目光和心始终被它牵引着。没事的时候，我就坐在地板上，看白菜花。一边想，它在冰箱里都开得这么灿烂，如今被置放于暖融融的阳光里，它还不得发了疯地盛开。我开始想象它更加灿烂的样子。

可是，第二天，白菜花看上去却蔫巴巴的，而且黄灿灿的颜色也变成暗绿色的了。接下来发生的事情更让人匪夷所思，黄灿灿的白菜花变成了绿色的白菜叶。又过了一天，绿色的叶子间长出一蓬绿豆般大小的花骨朵。这时，它和普通的白菜花一模一样了。

想到人的生命。或许和白菜花一样，只有在凄风苦雨或冰天雪地的困顿中才能绽放出绚丽的花朵，创造出生命的奇迹。而安逸和舒适的环境或过度的呵护或溺爱，却能渐渐消磨人的锐性和斗志，最终变成碌碌无为的凡夫俗子。

别忘了说声谢谢

儿子生日那天，他说他想要一双运动鞋。恰巧周末，吃完早饭，我们就出门了。

我们先去了离家最近的那家超市。运动鞋的款式看上去都很老旧，我们便去了对门的另一家超市。转悠半天，终于看好一款，试穿时，儿子说有点儿夹脚。我们便接着逛。整条街上所有的超市都逛完了，也没买到中意的运动鞋。儿子有些失望，我说，咱们去城西的鞋城街看看吧。

鞋城街的鞋店一个挨一个，安踏、耐克、乔丹、李宁、361°，各种牌子应有尽有。我们一个店一个店地逛，一款一款地看，一双一双地筛选。儿子终于看好一款，服务员却说没有36码的了。好在，一个多小时后，我们在另一家鞋店寻到了。

走出店门口，我看了下表，十二点一刻。我正要问儿子累了没有，儿子突然伸手拿过我手里的鞋盒，一脸认真地说，妈妈，谢谢您。我觉得很奇怪，想问他为什么要谢我。话还没出口，儿子接着说，妈妈，您以前给我买衣服和礼物时是不是也这么辛苦？我听了，眼眶一热，眼睛便湿润润的了。想起我小时候的一件事。

初一那年，我让母亲给我买一件和同桌一样的玫瑰红外套。第二天母亲就买来了，可我发现和同桌的款不太一样，同桌的是大翻领，母亲买来的这件却是立领。我让母亲拿去换。

调换后的款式是和同桌的一模一样，却是桃红色的。我对母亲吼叫了一阵子，就又让她去换。母亲支支吾吾地说，人家说玫瑰红色的卖完了。我用更大的声音喊，我不管，我就要和同桌一模一样的。

当我看见母亲手里那件和同桌一模一样的外套时，我迫不及待地从母亲手里夺过来就往身上套。可是，我发现袖口有一小片儿污渍。母亲说，洗洗就干净了。我脱下外套，猛地把它扔向母亲，气急败坏地说，我才不穿这破玩意儿！母亲愣怔了一会儿，便一声不响地拿着那件外套出门了。

几天后，我终于穿上了和同桌一模一样的玫瑰红大翻领外套，而且没有一点儿污渍。我高兴的心情一连持续了好几天。可是我却没问母亲她是从哪里买到这件外套的。那时，整个乡镇只有一家国营商店。而我们离县城有好几十里的路程，而且不通车。

儿子突然拉起我的手说，妈妈，以后我再收到礼物，不管是谁送的，都会对他说声谢谢。

我欣慰地点点头，一边在心里说，是啊，即使那个人是妈妈，也别忘了对她说声谢谢。

退出网海以后

不知道从哪天起，上 QQ，看微信，越来越成为我生活里的不可或缺。后来，嫌开来关去的麻烦，便一直挂着了。从此，我便掉入网络的海洋里了，一条条信息仿佛一根根海草，心常常被牵绊得七七八八的，一有空闲就抱着手机划拉，每天晚上更是划拉到手累才睡觉。早晨睁眼醒来，拿过手机想要看时间时，映入眼帘的却是一串小红圈，一路点下来，眼睛早累得不行了。尤其，原本定闹铃的时间正好够跑步，等划拉完手机，已经到了该上班的点，常常早饭顾不得吃，就急匆地往单位赶。

从前，每隔一段时间，我就会翻看一下手机“通讯记录”，看看哪些亲朋和好友久没联系了，就拨过去问候一声。可自从 QQ 和微信变成长明灯，我便每天被天女散花般的信息忙得不亦乐乎，再也无暇顾及什么亲朋和好友。渐渐地，他们有很多都从我的生活里走掉了。

一次，去公园游玩，脑子里忽而浮出一个很好的题目，如果写出来，一定是一篇能打动人的文章。于是掏出手机，准备把题目记录在“记事本”里。可是，当看到一串红艳艳的圆圈儿，就不禁地点起来，点着点着，忽而想起还有正经事儿要做时，脑子里却早已空空荡荡的了。懊悔的心情，比到嘴的鸭子飞了还难受。鸭子没了可以再买，灵感跑了，却再也追不回来。这时才猛然想起，很久没有写字了，每天的零星和业余时间，都被汹涌而至的信息流冲走了。于是决定，从此退出网海。或者说，从此以后不再把 QQ 和微信当成一种无聊的消遣，而是一种实用工具，有事时才打开。

奇怪的是，决定才一做出，心就平静下来，仿佛从喧嚣的闹市走进幽静的雅居，整个人感觉清清爽爽的。第二天早晨，眯眼看手机时间时，仿拂一缕春风掠过面颊，那么暖和，温润。手机屏上的母亲和儿子正笑微微地望着我，这是回老家时，我给他们拍的合影，并把它设为了手机屏背景图。每看每欢喜，每幸福。

可是，这张合影却在不知不觉中湮没在网海里了。连同照片一同被湮没的，还有时间和梦想，更有那些深爱着你的人，以及欢愉温暖的幸福时光。

好在，退出网海以后，我又重新把它们一一打捞了回来。如今，每当我拿起手机，就会看到母亲和儿子温暖的目光和笑容，心里就会蓦地春暖花开。

长在心田里的苦楝树

仿佛一只惧怕灯光的蝙蝠，顾不得和同学告别，我便急慌着逃出酒楼，一头钻进那条黑乎乎的巷子。

我不住地在心里埋怨起霞。我说有事参加不了就算了，她却生拉硬扯把我拽了来。

当我把那辆古董级的单车停放在一辆辆乌黑油亮的宝马奔驰旁边，当我穿着工作装坐在“哥弟”“Only”的裙衫之间，当我把装着零碎用品的手提纸袋扔到“威尔萨斯”“老人头”的坤包堆里，当我看着一双双惊异张大的目光，当我听着一声声“会学习不如会赚钱”“生得好不如嫁得好”的感叹，我这个当年的学霸再也找不到自信的理由。

尤其那个被我甩掉的坏男生，如今已是一市之长。还有当年被人呼来唤去的荣，也嫁了个款爷，那只戴着红钻戒的手在灯光下晃来晃去，眼睛都被它刺疼了。

空气里忽而飘来一股扑鼻的清香。这才发现，已来到郊外。灯光下，那棵高大的苦楝树耸入夜空，和老家门口的那棵一模一样。顿时，儿时的一幕幕浮现在眼前。

那时，我和小伙伴儿常常在苦楝树下玩耍，我们用楝花编花环，用楝豆串手链，苦楝树下洒满我们咯咯咯的笑声。那时，我常和母亲坐在苦楝树下吃饭，碗里的肉都快吃完了，我才想起母亲还一块都没尝，连忙夹起一块放到母亲碗里。母亲却又把它夹到我嘴里。

那时候的日子是苦的，可困苦的日子里却漾满欢愉的纹儿。

有一次，我和小朋友玩耍，磕破了手，母亲把苦楝树的叶子揉搓碎了，然后敷在我伤口上。不大会儿，疼痛就消失了。从那时候开始，我知道了苦楝树的神奇，并深深喜欢上它。

一天，我半夜醒来，发现床上没了母亲。于是悄悄下床，蹑手蹑脚地走到门口。月光下，我看见母亲靠在那棵苦楝树上，不停地伸手擦抹着眼睛。我知道，母亲一定是想天上的爸爸了。第二天，母亲却仍然笑着叫我起床，笑着做饭，笑着给我讲故事。

抬头望着路边这棵苦楝树，它伫立于一排婆娑的柳树之间，在月光下显得那么鹤立鸡群，香味儿在空旷的夜空里恣意飘荡。曾听一位环卫工人说，这棵苦楝树差点儿被拔掉，是附近的居民极力维护才得以保存下来。

从此，不管风雨还是雪霜，不管灯红还是酒绿，这棵苦楝树就那么一直静静地守在那里，仿佛守着轮回里一个不为人知的秘密之约。

忽而感觉苦楝树像极了一种人，比如我的母亲。母亲之所以能欣然熬过一个个清风苦雨的日子，是因为她心中始终坚守着一个信念，一定要把女儿培养成人。

我张开胸腑，贪婪地吸纳着浓郁的馨香，渐渐地，身体里仿佛被注入了一股清新之气，心也开始变得柔软温润起来。是的，我没有太多的金钱和尊贵的地位，可是我热爱生活，坚守一颗纯洁素朴的初心，所以我是独一无二的，就如这棵苦楝树。

从此，每当我心情烦燥或陷入困顿的时候，我就会来到这棵苦楝树下，心里顿时就澄清明澈起来。

我想，即便哪天这棵苦楝树不在了，也没关系。因为，它早已驻扎在我的心田，在岁月的年轮里葳蕤繁茂成一棵参天大树，将心灵濡染得馥郁芳菲。

杯子里的水多少度

终于盼来小长假。我打电话邀朋友一起去承德大草原游玩。朋友却说，草原有什么看头。我说，我邻居才去过，她说好看极了，绿油油的草甸一直铺到天边，美丽的格桑花星罗棋布，还有成群的牛羊、骆驼和马……朋友说，我也去过了，感觉没一点儿看头。

我们最终没能成行。而有一个问题我却始终想不明白，同一个地方，一个说好看极了，一个说没一点儿看头。他们到底谁说的对呢？后来，我从一档电视节目里找到了答案。

是一个婚姻情感类节目。一对夫妻发生纷争，各说各的理，双方都委屈得不得了。女的流着眼泪说了一件事。

一次，朋友请他喝酒，我担心他胃病犯了，过了约莫十来分钟，我给他打电话说家里有事并让他立刻回来。他说稍等就走。可是等了半天仍然不见他的影子，我便又打了过去，却提示手机关机。而他醉熏熏地回到家后却把我数落了一番。

男人接过去说，几个朋友说好，谁的老婆先打来电话，就罚谁喝三杯，我刚三杯酒下肚，手机就又响了，朋友便说，今晚谁的老婆电话最多，谁就负责结账。男人转头怒视了一眼女人，掏钱结账是小事，我丢不起这个人。

女人和男人又开始争吵起来。

情感专家做了个停止争吵的手势，然后，从旁边的桌子上端起一个水杯向观众席走去。情感专家在一位老人面前停下来，把水杯递到老人手里说，老人家，您估摸一下，杯子里的水有多少度？老人伸手摸摸杯子，四十多度吧。情感专家说了声谢谢，接着把杯子递向老人后面的一个小女孩，并问她杯子里的水有多少度。女孩的手刚触到杯子，便立马缩了回去，一边说，一百度。

情感专家又接连把杯子递给旁边的几个人，并问他们杯子里的水有多少度。得到的答案分别是，五十度，六十度，七十度……

情感专家重新坐在位子上后，对那对夫妻说，杯子里的水多少度，这个本来十分简单的问题，观众却给出了这么多答案，你们知道为什么吗？男人和女人同时摇头。情感专家接着说，因为他们说的都是自己的感觉，而非水的温度。

夫妻俩听了，相互望了一眼，然后，两双迷茫的目光同时转向情感专家。专家开门见山地说，就喝酒打电话这件事，你们俩都有错，又都没有错。你们的错在于，都是凭各自的感觉做事，说你们都没错，因为一个是处于对对方的关心，一个是碍于人情和脸面。这时，夫妻二人如梦初醒，随之和好如初。

这档电视节目，不仅挽救了一个家庭，而且给我上了一堂生动的人生课。是啊，犹如一杯水的温度，水温的高低并非取决于水自身的温度。同样地，生活是好是坏，日子是苦是甜，不过是我们内心的一种感受罢了。怀一颗向阳的心，对人多一份理解和宽容，便能感受到生活的温暖和幸福。

等一会儿

小时候，有一次跟母亲去亲戚家送中米（吃喜面），吃饭时，母亲让我去喊一个老爷爷。

老爷爷正坐在一个草垛旁晒太阳，头往外扭着。我对着他的背影喊了一声“爷爷，吃饭啦”，然后，转身就跑回屋子。来到饭桌边，我伸手去拿筷子，母亲却拍了一下我的手说，等一会儿，老爷爷来了再吃。可过了半天，仍然不见老爷爷来，母亲让我再去喊。我嘟着嘴说，喊了他还是不来怎么办？母亲说，你喊完“爷爷”后，站在那儿等一会儿。

我很不情愿地再次走到门外，按照母亲说的，喊了一声“爷爷”，然后，便站在那儿等。过了一会儿，老爷爷慢慢转过头来，望着我说，叫我吗？我连忙点头。这时，老爷爷拿过横在脚边的拐杖，站起身来后慢腾腾地朝我走过来。

吃饭时，我偷偷问母亲，老爷爷为什么要我等他一会儿才肯来吃饭？母亲说，爷爷老了，动作听力等变得迟缓起来，即便他耳朵很好，听到了你的喊声，可当他转过头来时，一看没人，便以为自己听错了。母亲接着说，以后无论做什么事情，都不能心急，等一会儿，情况可能就会发生变化。

母亲这句话深深刻印在我脑海里。

大学毕业后，去一家公司面试，考官问的第一个问题是，请至少说出你的三个优点，时间是一分钟。我正要把自己的长处一一列举出来，忽而想起母亲“等一会儿”的嘱咐，浮躁的心便安静下来。我慢慢在心里梳理着，想要把最晃人眼球的优点说给考官，考官突然说，你可以出去了。

我顿时傻了眼，尤其当我得知，参加面试的几百个人之中，只有我一个人没回答出这道考题时，我羞愧极了。我开始在心里埋怨起母亲。

可是，一个星期后，我却收到了这家公司的录取通知书，而且是唯一一个被录取的。后来，做了我上司的考官对我说，不急于表现自己的人，恰恰正是最富有竞争力的人。

一次，因为一件小事和先生怄气，赶巧先生心情不好，他一改往日的宽容和哄劝，和我一板一眼地吵起来。我正要摔门而去，突然想起母亲那句“等一会儿”，气顿时消了一大半。我正思忖如何给自己找个台阶，先生却突然走到我面前说，对不起……

后来，我问先生，如果那天我摔门走掉，你会出去找我吗？先生说，如果真是那样的话，或许我们的缘分就尽了。我听了，心里一凛，接着问他为什么。先生说，那天，看着你咬牙切齿的样子和看我时凶暴和憎恶的眼神，我开始怀疑，你是否爱我，于是我在心里对自己说，如果你迈出这个家门，说明对我和这个家已经没有了留恋，我再挽留也没有什么意义了。

等一会儿，这句简单而朴实的话语却有着神奇的魔力，它为我铺就一条如花似锦的职场路，为我挽留住一个快乐而幸福的家。

等一会儿，给别人多一点时间，让自己多一份思考；给别人多一些耐心和宽容，让自己多一些冷静和智慧。等一会儿，浮躁的心灵就会变得安静，不好的事情就会出现转机，成功和幸福就会向我们款款走来。

等待下一个美丽

小时候，母亲总有讲不完的故事，白雪公主、小红帽、敬老国……

这些故事，不仅让我拥有一个欢乐的童年，而且在我心里撒下一粒梦想的种子——长大后当一名作家。为了这个梦想，我每天坚持写日记，写完了就拿给母亲看，然后根据母亲提出的意见一遍遍修改，直到母亲说，嗯，不错。

三年级，学校有了作文课以后，我的作文很快在班里脱颖而出，每次作文点评，老师都会当范文读给同学们听。

五年级时，一次，我代表学校参加市里举行的作文大赛，得了第一名。更让我惊喜的是，老师把这篇获奖作文帮我向报社投了稿，不久便在报纸上发表了。从此，我便有了一个“小作家”的雅号。每次听同学这么叫我，我心里总是美滋滋的。

下一次作文课，是一篇关于春天的作文，写完后，我越读越觉得美，于是开始想象人们在报纸上读它时的情景。过了一个星期，作文发下来了，我却看到这样的评语：文字十分华丽，但内容有些空洞，尤其缺少一种情感在里面。

我生气地把评语撕了下来，团成一团，扔到纸篓里。放学回到家，我满心委屈地对母亲说，我都是作家了，老师仍然说我写得不好。母亲听了，什么也没说，一副若有所思的样子。

晚上临睡前，母亲来到我房间，说要给我讲个故事。我暗笑母亲还拿我当小孩子，正要拒绝，母亲一边替我掖着被角，一边说，要讲一个关于她自己的故事。我顿时来了兴致。

那年我上高中，一次，和同学去看一个画展，是一个知名的画家，展厅的四面墙壁上全都挂满了画作，有山水、动物、花鸟、人物等，一幅幅画作都镶在画框里。当我们走到最后一面墙壁时，发现墙上挂着一个十分精美的画框，但里面却空着。出于好奇，我鼓足勇气走到画家面前，问他画框为什么是空的。

画家仿佛对我的问题十分感兴趣，他连声说，问得好，问得好，一边走到空白画框前，说，这个画框是我的恩师送我的，可是，每当我想要把自己最满意的画作镶进画框时，恩师总说，再等等，说不定下一幅会更好。就这样，老师一次次阻止着我把画作镶进画框，直到去年恩师走了，我终于明白他老人家的良苦用心，恩师送我的，不单是一个画框，更是一个人生哲理：等待下一个美丽。

母亲说完，拉灭灯就走了。我却在床上翻来覆去，眼前浮现着那个空白画框，还有画家说过的话，心里渐渐明朗起来。是啊，人生亦如一场画展，最好的，永远是下一幅。只有不断的努力和进步，才会迎来下一个美丽。而我却因为一次小小的成功便沾沾自喜并骄傲着，从而停止了前进的脚步，自然也没有了下一次更加绚烂的绽放。

我伸手把灯按亮，拿过新买的日记本，在扉页上写道：等待下一个美丽。这本日记至今我仍然保存着，而且，会一直保存下去。

一棵卑微的车前草

因为喜欢他的文字，我们成了 QQ 好友。原以为他的名和他的文一样，飘逸，空灵。

他却叫车前草。

当我问他为什么起了这么土气的名字时，他沉默了一会，给我讲了下面的故事。

在他十一二岁的时候，一场车祸，把他的脸变得面目全非。因为贫穷，家里所有的积蓄只够做一次植皮手术。从医院出来时，他的样子看上去仍然很吓人，以致学也上不成了。

父母担心他整天闲在家里会闷出病来，便托人在城里给他找了个医院陪护的工作。平时上班，他总是带着一个大口罩，把整张脸遮盖得严严实实，只露出两个眼珠儿。或许是同病相怜的缘故吧，每当看着病人痛苦的样子，他的心就生生地痛，于是就更加用心地照顾他们，安慰他们的心灵。不久他就成了医院的小名人，有很多进院的病人点名要他陪护。这让他重新燃起生活的信心和勇气，同时越发热爱这份工作。为了减轻病人的痛苦，他常常自己掏钱买来报纸或故事书读给病人听。

一天，他正在给一个小女孩读《小红帽和大灰狼》的故事，女孩突然伸手扯下他脸上的口罩，接着，啊的一声叫起来，大灰狼，大灰狼。小女孩的母亲大骂医院，怎么让一个鬼模怪样的人照顾她的女儿，并吵着要医院赔她女儿惊吓费。

第二天，他就回到了老家，并对父母说，他再也不出去工作了。

一个星期后，吃完早饭，父亲让他跟着下地割草。虽然他心里很不情愿，但还是拿起了镰刀。来到地头，他刚把镰刀伸出去，却一下掠到脚踝上，顿时，鲜血呼呼往外淌。他正要去卫生室包扎，父亲却叫住了他，顺手从路边薅下一棵灰头土脸的青草捂到他脚踝上。顿时，奔涌的血液就止住了。

父亲说，那青草的学名叫车前草，别看它长在沟渠路边，不断被车碾脚踩，它却不管不顾地在那里长着，生生不息，并且，在人们需要它的时候，无怨无悔，成为人们祛病除灾的好药材。他听了，心里顿然一亮。后来，他又回到医院做起了陪护，而且，每天他都把自己和病人之间发生的温暖故事记录下来。让他没想到的是，这竟让他渐渐走上了写作的道路。

他突然发来一个摇晃着两根指头的手的图片，接着，他说，那些家长病人总让他给他们的孩子们辅导作文，所以前不久，他在网上办了一个写作文培训班。说完，打个招呼，就准备课件去了。

望着屏幕上那棵灰头土脸的车前草，感动之余，一边想，世间的每一个生命，都有着不同的生长姿势和历程，但无论伟岸挺拔，或匍匐迂回，只要怀着一颗感恩向上的心，去奉献，去回报，就能找回出自己的生命意义和价值。就像一棵低微的车前草，承载的是痛苦，却给人们带来喜悦和幸福。

春天是从冬天开始的

那年，我正在生活的低谷里徘徊，接着，工作中又出现了问题。接连的打击让我一夜之间变成霜打的茄子，常常一整天说不了几句话。一向挚爱工作的我在单位也变得拖拖拉拉。面对领导的指责，我无动于衷，甚至冷眼相对。大有破罐子破摔之势。

就连张老，在路上遇见，我也躲着他走。

张老是我的老乡，原来在省城的一所大学里教学，退休后回来老家安度晚年。他才搬来时，我叫他张教授。他说，听着怪客气的，就叫张老吧。从此，我便叫他张老了。

那是一个寒风蚀骨的日子。我正低头走着，突然听见一个温和的声音，是张老。我原本想说有事好迅速走开，他却笑微微地走到我面前，说，今天歇班吧，走，去我家里坐坐。

一走进张老家的院子，阵阵花香扑鼻而来。院子里有蝴蝶兰、绿萝、郁金香、君子兰，还有我叫不出名儿的各种花花草草，占满大半个院子，在灿烂的阳光里，竞相开放。要不是我心里下着雪，我会以为是春天。

张老指指花园边的小椅子，示意我坐下，然后，他转身从屋里搬来一个花盆，花盆里的花枯萎得一片叶子都没了，只剩下光秃秃的枝枝杈杈。张老把花盆放在墙根边的石桌上，然后，拿了水壶就开始给它浇起水来。

张老回过头来问我，知道我为什么给它浇水吗？我摇摇头，心想，不愧是文化人，我心里想什么他都知道。我突然来了兴致，摆出一副十分认真的表情，听他说下去。

张老伸手折下一小截干枝，递到我手里，说，看看它的折面。我好奇地接过张老手里的枯枝，当折面上那抹青蒙蒙的绿意映入眼帘时，我突然被感动了，我用手指肚轻轻按了一下，顿时，我的手指便浸洇在一汪浓郁的绿色里了，青幽幽，湿润润的，透着勃勃生机。

张老说，冬天来的时候，它就枯萎了，但我仍然坚持每天给它浇水，晒太阳，这样，它就不会死去，就会努力汲取养分，等到春天，就开出美丽的花儿了。

我望着手里的枯枝，不，是绿色精灵，问张老它是什么花。张老说，茉莉。张老接着说，不止茉莉，所有的花儿，它们整个冬天都在默默积攒着能量，都在等待春天的到来。

张老突然问我，知道唐朝大诗人令狐楚吗？接着他说，他的《春游曲三首》里有一句，一夜好风吹，新花一万枝。如果没有冬天的隐忍和努力，花儿怎么会开得这么齐整，这么迅疾呢？

张老放下手里的水壶，坐到我旁边的木椅上，用父亲般的口吻说，孩子，人和花儿一样，即便在严寒季节，心里也要装着春天的梦，并为实现这个梦而努力做些什么。因为，春天是从冬天开始的。

从张老家出来时，我心里便晴朗朗的了。从此，我也像花儿一样，心怀春天的梦想，并为实现这个梦想一步步努力着。

不知不觉，一年过去了。这时，我早已走出人生的冬季，迎来轻风拂柳花含笑的春天。

如今，每当我沉浸于幸福美好的生活和实现职场梦想的欢愉里时，心里便会不禁地滋生出对张老的无限感激，就会默念起张老那句富含哲理的话语——春天是从冬天开始的。

就着阳光吃烧饼

同学聚会，我借口有事，拒绝了。

上次聚会，是五年前，在小城最高级的酒楼。我骑着单车急匆匆赶到目的地，可是，当我看到酒楼门前停着的奔驰宝马，以及同学身上的“哥弟”“皮尔卡丹”时，再也没有兴致和同学聊天。

如今，又是一个五年。而我，依然是单车，手提袋，工作服。

可是，内心的虚荣却阻挡不住对同学的友情和想念。

下班后，我闷闷不乐地走在回家的路上，不经意看见路边的他，坐在一辆破旧的三轮车沿上，吃热乎乎的烧饼，阳光洒了一身。望着他手里焦黄的烧饼，我的肚子也开始叫起来，并忍不住去兜里掏钱。

我接过摊主递来的烧饼准备离开时，他突然说，趁热才好吃，焦。说完，咬了一大口手里的烧饼就开始津津有味地嚼起来，引得我直咽口水，并忍不住把烧饼从方便袋里拿出来，站在他旁边的栅栏旁，毫无顾忌地吃起来。我们边吃边聊。

他和我说起他年轻时候的事。

十五岁那年，他走出那个贫穷的小院，发誓不混出个人样来绝不回家。几年后，他终于有了自己的公司。随着公司越做越大，他的电话和饭局也越来越多，而他也渐渐成为一架挣钱的工具，几乎没有了自己的生活。他几次想要把公司卖掉，可每次在荣光的脸面和高贵的身份面前打了退堂鼓。直到五十岁那年生了一场大病，他才幡然醒悟，原来，兜里的钱与快乐并不是正比关系，或者说，它们之间没有关系。于是他毅然把公司廉价转让出去，重新回到那个曾经令他厌恶的小院。

他咽下嘴里的烧饼，笑眯眯地说，如今，我每天在家里做着自己喜欢的事情，心里甭提多高兴了。闷了，就骑着三轮车，去田野里闻闻花香，听听鸟叫，或者和老友聚聚，吃吃家乡的小吃，就像现在，就着阳光吃烧饼，真是幸福。

他吃完最后一口烧饼，朝我笑笑，蹬上三轮车走了。只剩我一个人，站在明晃晃的阳光里，啃着手里的烧饼。

生活中，有时我们感到自己不快乐，并非有什么不好的事情发生，不过是自己跟自己过不去，或者说，是一种攀比或虚荣的心理作祟罢了。事实上，每个人，每一刻，都可以让自己生活得很快乐很幸福。因为，幸福不在于你拥有多么丰厚的财富或多么尊贵的地位。它不是觥筹交错间的珍馔佳馐，也不是四季如春的舒适环境，而是内心涌动着的温润美好的情愫，是眼前简单而真实的快乐时光，是心灵的洒脱和安暖。

阳光很暖，烧饼很暖，他的笑容很暖。不知不觉，我心里也暖和和的了，并开始企盼起下一次同学聚会的日子。

成功并不是玻璃瓶外的那束光

同事的孩子高考落榜，这是他第三次落榜了。同事说，孩子执意再复读，并发誓，考不上大学誓不罢休。同事担心这样下去孩子会出问题，问我有什么办法没有。

我想起他的故事。

他出生于一个偏远的小山村，打小目睹了父母的贫穷和艰辛，并暗自发誓，一定好好学习，考上大学后走出大山。

为了这个梦想，无论生活多么艰难，他都咬牙坚持着。在学校，他常常一天只吃两顿甚至一顿饭，好用省下来的钱买练习题。可是，命运并没有因此而对他格外怜悯和垂青，高考落榜后，他选择了复读。第二年，终于过了重本线。正当他沉浸于实现梦想的喜悦里时，他的父亲突然病倒。为了给父亲看病，他只有一条路可走，外出打工挣钱。

突如其来的变故和打击不但没有浇灭他心头的梦想，反而更加坚定了他要走出大山的信念。临行前，他偷偷把书本和习题集放在了铺盖卷里。

工地上，他和其他民工一样，每天搬砖，运沙，和泥，砌墙，这对于一个刚刚走出校门的少年来说，着实是一件苦差事，有时候一天下来，他连走路的力气都没有了，常常让工友帮忙打饭。即便如此，他仍然坚持每天收工后复习功课，熬到一两点才休息，第二天一大早又要起来干活。不久，他就病倒了，被送进医院。这场病，几乎花光了他几个月的全部积蓄，他觉得前途一片黑暗，开始变得心灰意冷起来。

一天，晚饭后，他没像从前那样去宿舍复习功课，而是一个人跑到工地旁边的公园散心。正值夏天，嗅着一阵阵花香和青草的味道，他不禁思念起家乡和父母，不知不觉，眼泪流了下来。前面花园里的萤火虫吸引了他的目光，明明灭灭的，仿佛天上洒落的小星星。花园旁边的石矶上坐着一个年轻妈妈和一个女孩，女孩手里拿着一个手电筒，照着石桌上的玻璃瓶，玻璃瓶里装着一只萤火虫。

他觉得很好奇，索性站在旁边，和她们一起观察起那只萤火虫。

几分钟过去了，萤火虫仍然在玻璃瓶壁上撞来撞去。女孩终于忍不住说，妈妈，萤火虫真傻，它为什么不从瓶口飞出去？妈妈笑着说，它不是傻，只是把手电筒的亮光当成了逃离出去的唯一目标，所以忽略了瓶口的存在……

倏然间，他心里仿佛飞进一只萤火虫儿，闪着幽幽的亮光。

从此，他开始和工友们一起吃饭，聊天，说笑，一副悠然自得的样子。一个要好的哥们问他，不考大学啦？他笑着点点头。可当好哥们约他打牌时，却被他拒绝了，聊完天，他就又躲到一边啃书本去了。

两年后，我的书架上便有了他的书。

听了他的故事，同事说让我把书借给他孩子看看，并问我书名是什么。我说，是一个很好听的名字——成功并不是玻璃瓶外的那束光。

花生壳上的精彩人生

布莱克出生于英国一个破落的农场主家庭。他从小喜欢画画。

布莱克十五岁那年，他的父亲向朋友借款承包了一个农场，他想东山再起。可是，接连几年罕见的涝灾使地里的庄稼颗粒无收。债主纷纷上门讨债。布莱克几乎面临辍学，更别说买画布了。

因为不能继续画画，性格活泼的布莱克突然变得沉默起来，有时一整天都不说一句话。一天，在母亲的劝说下，布莱克终于走出他的房间，漫无边际无目的地在外面溜达。不知不觉，来到空旷的野外。但是，翠绿的山峦和翩然的蝴蝶仍然不能消弥布莱克因为买不起画布而淤积在心里的苦闷情绪。

布莱克正望着山坡上的树木发呆，忽而，一个小小的身影闯进他的视线。一定是谁家的孩子迷失了方向，找不到家了。布莱克这样想着时，那个小小的身影已来到近前。让布莱克感到意外的是，原来是个侏儒。看着他疲惫不堪的样子，布莱克断定，他一定走了很远的路。或许是同病相怜的缘故吧，布莱克忽而对他起了同情，于是朝他笑笑，并和他搭讪起来。

通过交谈，布莱克得知，“小矮人”已经五十多岁，可是，因为身体上的缺陷，打他懂事起，就没出过家门。眼看自己要老了，他觉得这样活一世太冤了，于是决定四处走走，开开眼界。伦敦是他要去的第一站。

布莱克瞅了一眼“小矮人”短细的双腿和简单的行囊说，先生，从这里到伦敦坐飞机还要好几个小时呢，您这样……“小矮人”打断布莱克说，我从小患有梅尼埃，坐不了飞机和轮船。这时，“小矮人”把目光移向前方接着说，徒步是慢了点，但是，只要一步一步往前走，总有一天会到达目的地。说完，朝布莱克摆摆手，就上路了。

但是，只要一步一步往前走，总有一天会到达目的地。

这句话，仿佛清晨的一声鸟啼，使布莱克那颗昏沉的心陡然醒悟。他想，是啊，虽然没有画布，但我可以在别的地方画，只要持之以恒地画下去，一定能实现心中的梦想。

回到家，布莱克看见母亲正在剥花生，花生壳洒了一地。布莱克看着看着，脑子里忽而涌出一个想法：用花生壳做画布。

布莱克把这个想法告诉了母亲。母亲听了，眼睛里竟涌出泪水，一边说，我可怜的孩子是不是疯了。

布莱克却不顾母亲的劝阻，把地上的花生壳捧回房间。他先将一瓣瓣花生壳用水性聚氨酯一一粘合起来，还原成原来丰盈的样子，然后在上面画出他喜欢的超人或明星的样子，再进行雕刻。这个过程往往要二十多个小时才能完成。雕刻好后涂上水性漆，用竹签作为四肢，最后把作品密封在一个玻璃圆顶内。

渐渐地，布莱克用花生壳作画的消息不胫而走，这些新颖奇特栩栩栩如生的作品很快被人们喜爱，并在“艺术界”声名鹊起。布莱克被誉为“坚果画家”。

是的，人生的价值和意义，不在于自身所处环境的优劣和起点的高低，只要心怀梦想，并坚定不移地走下去，内心就会充满欢快和激情，在鄙陋的舞台上也能演绎出精彩的人生。

明天的树叶不会今天掉下来

老家院子里栽满了各种各样的树。榆树、槐树、枣树、石榴树、苦楝树……每天清晨，天还不亮，院子里就会响起唰唰唰的声音，仿佛闹铃般，将我从梦中唤醒。

长大一点后，知道了母亲的辛苦。为了让母亲早上能多睡一会儿，一天，傍晚时分，我抱着门前的那棵苦楝树摇晃起来。

母亲惊讶着说，干吗呢？我说我想把树上的叶子全都摇晃下来，明天您就不用起早扫院子了。母亲便笑，傻孩子，明天的叶子是不会在今天掉下来的，今天扫完今天的落叶就行了。我不信，继续可着劲儿地摇晃着院子里的一棵棵大树小树。

第二天醒来的时候，院子里静悄悄的。我支愣起耳朵听了一会儿，仍然没听到唰唰唰的声音。于是一个激灵从床上跳下来，跑进院子，院子里干干净净的，一片叶子也没有。我高兴地跳起来，一边大声说，妈妈妈妈，树叶都被我晃掉了。母亲笑微微地从厨房里走出来，指着地上被扫把划拉过的一道道印痕和墙角的一堆树叶说，是你睡得沉，唰唰唰的扫地声也没能把你吵醒。

我仍然不死心，不顾母亲劝阻，一连几天都抱着院子里的大树小树晃呀晃的，但掉下来的树叶寥寥无几。

考大学那年，成绩出来前，我像丢了魂似的，整日心神不定。母亲让我做什么事情，我嘴里答应着，心里却想着成绩的事，甚至吃饭时也心不在焉。一天，母亲刚盛好饭，我端起来就喝，结果嘴巴被烫得起了一串泡，连吃饭都成了问题。可我又控制不住自己不去胡思乱想，心情更加沮丧起来。

一天，我正坐在院子里生闷气，一阵风吹过，树上的叶子簌簌而落。母亲走过来说，从今天起，扫院子的事情就交给你了。我很不情愿地接过扫把，有一下没一地划拉着地面。扫着扫着，蓦地想起一句话，明天的树叶是不会在今天掉下来的。

忽而觉得自己是多么愚蠢，终日杞人忧天，自寻烦恼，白白浪费了眼前美好而快乐的时光。从此，我每天该吃饭吃饭，该干活干活，没事的时候，就读读书，或做些自己喜欢的事情。母亲也不再因为担心我而愁容满面了。

一个多月后，我如愿拿到大学录取通知书。这期间，我不但跟母亲学会了许多农活，而且还读完了《简·爱》等几本名著。这段最难熬的时光成为我人生中一段美好而幸福的回忆。

那年，我身体突然出现状况，住在省城一家医院。出院后，病情却一点儿不见好转，为方便进一步观察和治疗，按照医生的嘱咐，我在医院旁边找个宾馆住了下来。

正值秋天。望着纷纷飘落的树叶，耳边不由得响起一句话，明天的树叶不会在今天掉下来。于是告诉自己，珍惜眼前的每一寸时光，做自己喜欢的事情。这样的念头一出，便全然忘记了自己是个“难缠”的病人，仿佛出来游玩似的，心情变得格外轻松和欢愉。

住处旁边有个公园。每天我都会去公园散步，看看花草树木，或找人说话聊天。晚上，便跟大妈们学跳广场舞。日子过得安宁而愉快。后来，在公园一隅发现有个书摊，从此我的生活变得更加充实和丰盈。

新鲜而生动的美好时光不仅让日子变得美好而诗意，而且给了我源源不断的灵感和才思。在宾馆的一个多月里，我不仅读完了法布尔的《昆虫记》，而且还在手机里写了近百条“说说”。我以“人生絮语”为题将这些“说说”投到一家报社，居然被采用了。

经过治疗，我终于痊愈。回头再看那段日子，是良好的心态帮我度过了难挨的时光。

一枚树叶飘落窗台，卧在一汪灿烂的阳光里，散发出温暖而明丽的光芒。望着望着，恍惚听到一个声音——明天的树叶不会在今天掉下来。这声音告诉我：珍惜当下，经营好眼前的每一寸光阴。

唤醒初心，找回幸福

大学毕业时，我给自己买了一本日记本，并在扉页上郑重地写下这样一行字：可以平凡，但绝对不能平庸。

起初，因为和公司里的人不熟，每天下班后，我就一个人待在宿舍看书。几天后便有人来找我玩儿，尤其晚饭后，有的喊逛街，有的喊看电影，有的喊打牌。虽然我对这些一点儿不感兴趣，但碍于面子，每回我总是有喊必应。

一天，晚饭后，我刚拿起一本书，同事小丽喊我跟她串个门儿。我原本想要拒绝的，可话到嘴边又咽了回去，摆出一副欢喜的样子就跟去了。

路上，小丽说，她和她的一帮狐朋狗友隔三岔五就会聚一次，也没什么事儿，就是一起打打牌，或胡吃海侃一阵子就散伙。我一向腻烦这样的场合，我说我不去了。小丽用过来人的口气教育我说，上班了，不能再和学校时一个样子，很多事情靠的就是人场，所以以后你得多和人接触，多结交一些人才行。

从此，每当有人喊我陪她们逛街或做其他什么事情，我都会满心欢喜地答应。随之我的人气越来越旺，活动也越来越多，几乎没有了一点儿自己的时间，更不用说静下心来读书了。我开始喜欢扎到人堆里探听别人的隐私，喜欢扯起嗓门八卦新闻，喜欢和人显摆新买的裙子和大衣。“可以平凡，但不能平庸”的话语早被我丢弃于时空隧道的那头。

一天，晚上加班，我去得早，其他的同事都还没到。闲得无聊，我顺手拿起一张报纸，有一眼没一眼地瞅起来。当目光落到副刊版面一个作者的“签名档”上，心不由得颤动了一下。签名档上写着这样几个字：可以平凡，但不能平庸。我心里开始五味杂陈起来。恍惚中，听到一个声音一声声唤着我的乳名说，回来吧，回来吧……

第二天，我循着报纸上的网址，走进一个文学论坛并注册，从此成为论坛里的一员。从此，我推掉一切毫无意义的邀约和活动，开始在论坛里读帖发帖，渐渐的，便和文字结下不解之缘。后来，我把对文字的爱好应用到工作中去，写下一篇篇让人耳目一新的通讯报道，并得到领导的认可和赞赏。

如今，每当我沉浸于业内“小名人”以及“作家”等的头衔里，我就会无限感激那张报纸，和报纸上的那句话：可以平凡，但不能平庸。是它唤醒我的初心，让我找回人生的快乐和幸福。

每一片叶子里都藏着动听的歌

喜欢树叶，尤爱槐树叶。

夏天，一有空闲，我就跑去郊外的槐树林，在树下驻足，聆听。人便渐渐地恍惚起来，眼前晃动着一个男孩的身影。

我叫他成子哥。

成子哥是我老家的隔壁邻居，两个院落之间是一道十几米长的土坯墙，墙很高，母亲把我抱上墙头才能看到成子哥家的院子。成子哥总骂我小笨蛋，骂完，纵身一跃，两手便搭墙头上了，跟着两条腿像池里的青蛙一样来回蹬跶几下，人便站墙头上了，然后像猫一样在墙头上走来走去。成子哥有时会突然蹲下身来，伸出手要把我拉上墙头，我撒腿就跑。母亲说，淘气的孩子才爬墙头，而且会把头摔破的。

一天，我正盯着墙头上的那朵仙人掌花看得痴迷，成子哥突然一把拽住我的胳膊往墙头上拉。我吓得哇哇大哭，一边喊母亲。可是母亲出去了。成子哥连忙将我放了下来，我仍然哭个不停。成子哥说，我吹歌给你听好不好？说完，伸手从他家墙边的槐树上摘下一片叶子，放到唇边，然后撮起嘴吹起来。

这是我第一次听到槐树叶吹出的歌儿，声音柔和，清润润的，听上去美妙极了，仿佛槐树叶里住着一个会唱歌的小精灵。我破涕为笑，并闹着要成子哥教我吹槐树叶。

最后一抹阳光消失的时候，我手里的槐树叶终于发出呜呜咿咿的声音，我高兴得跳呀蹦呀，激动的心情一连持续了好几天。从此便对槐树叶有了一种异样的喜爱和情感。而且这个原本惶恐流泪的下午时光刻印在脑海，时想时欢喜。

大一那年，寒假放假回家。半路上，出现堵车，司机师傅说大概要一个多钟头后才能通行。车厢里开始噪动起来，唉声叹气的，吹口哨的，大呼倒霉的，骂娘的……渐渐地，我也开始烦躁不安起来。左顾右盼间，不经意看见车窗外密密匝匝的槐树叶，在风里婀婀娜娜，仿佛翩然而舞的绿罗裙，看得人怦然心动。于是起身下车。

忽而有人朝我招手，一位中年女人盘腿坐在老槐树下，正笑眯眯地望着我。走近了发现，老槐树旁边是一片绿油油的田野。或许女人憋闷久了，想找个人说说话，和我搭讪几句后，便滔滔不绝地说起她的家事。出于礼貌，我摆出一副洗耳恭听的样子，心里对她的絮叨是排斥的。听着听着却走了心。直到听见有人喊“上车喽——”，才恋恋不舍地离开。

后来，我常常想起老槐树下的女人，想起她曲折感人的爱情故事，每想每感动。那段无聊难挨的堵车时光，也因此变得格外丰盈。

那年秋天，我把母亲接到家中。这时，母亲已经走不了路了，饮食起居全得我照顾着。每每给母亲喂饭或帮她翻身时，我心里就隐隐作疼。母亲更是常常背着我抹眼泪，甚至偷偷攒了一把安眠药。那时，每一个日子甚至每一寸时光于我们都是痛苦的煎熬和折磨。

一天，成子哥来看望母亲，说起小时候吹槐树叶的事儿，成子哥说，不止槐树叶能吹出歌儿，榆树叶、杨树叶、柳树叶等都可以呢。说完，伸手从桌上的花盆里摘下一片茉莉花叶放到唇边，即时，屋子里响起清润柔和的旋律，飘进我的耳朵，我的心扉，人顿时变得格外清爽起来。看母亲，脸上早已爆出一朵朵菊花儿。这是母亲生病以来脸上第一次露出笑容。

于是想，原来艰涩灰暗的日子里也藏着风花雪月的美好和感动，一如每一片叶子里都藏着动听的歌儿。如今，虽然母亲躺在床上动弹不得，但我们可以天天在一起，能时时看到彼此，听到彼此，这是多么幸福的事情呀。然而，就像只有会吹树叶的人才能吹出藏匿其中的歌儿一样，这些潜藏于波澜不惊甚至晦暗冷凄的日子里的美好和感动，只有有心人才能感受得到。

从此，我无限珍惜和母亲在一起的日子，并想方设法逗母亲开心。我给母亲做按摩。我和母亲一起玩沙包，翻花绳。我给母亲读故事。我把童年的趣事、糗事儿说给母亲听……

渐渐地，屋子里飘荡起一阵阵欢声和笑语，仿佛沙漠里的一汪汪绿意，润泽着我和母亲的心田，让一个个酸涩艰辛的日子变得惬意，安然。

忍住一份甜

喜欢甜品。尤其喜欢糖果。但每次见了，总要忍一会儿再吃。这个习惯，从很小的时候就形成了。

那年，我好像五六岁的样子。一天，母亲赶集回来，从兜里掏出一袋糖果递给姐姐，让她和我平分。姐姐把糖果倒在圆桌中央，然后我们就开始你一颗我一颗地拿起来，一边数着，一颗——两颗——三颗——

我数到十一的时候，桌上还剩下一颗。是姐姐先拿的，如果她拿走剩下的这颗，她就比我多了一颗。自然，我也不能接连拿两颗。我们把这个难题交给了母亲。母亲想了一会儿，然后数了数我们手里的糖果说，我去给大娘送把韭菜，你们谁能忍到我回来再吃，就把多出的这颗给谁。说完，捏起桌上的那颗糖果就出门了。

我盯着手里的糖果看了一阵子，终于忍不住剥开一颗，才要往嘴里放时，想起母亲手里的那颗糖果，就重新将糖果包了起来。过不大会儿，又忍不住剥开，就又想起母亲手里的糖果，便又重新包起来。如此剥了包，包了剥。好在母亲终于回来了。她数了数我和姐姐手里的糖果后，把多出的那颗糖果给了我。

后来，母亲常常用这种办法来解决我和姐姐分配不均的问题。因为尝到那次分糖果的甜头，我渐渐学会了忍，所以每次都是我赢。

中学的时候，我偷偷喜欢上英语老师。

一天，放学的时候，突然下起雨来。同学陆陆续续都走光了，教室里越来越黑，我便一头扎进雨里。突然，一把雨伞出现在头顶，接着听见英语老师的声音，路上小心点儿。说完，朝我摆摆手，转身走了。

望着他湿漉漉的背影，我多么想跑过去，对他说声谢谢。我还要对他说，他讲起课来时的声音有多好听，他走路时的样子有多么好看，我心里有多么喜欢他……

但我终究没动。我想起小时候和姐姐分糖的事情，想起母亲把多出的那颗放到我手里时说过的话——忍住一份甜，可以得到更多的甜。

从此，我更加努力学习，并暗下决心，英语一定考到全班第一，将来好报考像英语老师那样的大学。

多年后，和英语老师说起此事，他说那时他看出了我的心思，他想好了，先找我谈谈，如果实在不行，他就换个班级。后来看我放下了，他也就放心了。

感动之余，我庆幸地想，幸亏那时忍住了，使得那份懵懂的爱情，变成心中化不尽的甜。

一次，在深圳开公司的男同学小Z回家探亲，同学给他接风。席间，小Z问起我的工作情况和收入并无限同情地说，跟我去干吧，保证一个月的工资比你现在一年的收入还要高。并且许诺说，去了就让我做主管。

我听得心里一鼓一鼓的，甚至做好了辞职的打算。母亲知道后，说，先不要急着做决定，方方面面可得考虑周全了，千万不要被一点半星的甜头迷惑住了。

母亲的话让我想起儿时分糖果的事情。头脑冷静下来后，经过深思熟虑，我毅然放弃了辞职的想法。我想起小 Z 在聚会上说，他每天除了睡觉，大脑几乎一直处于工作状态，熬通宵是家常便饭，有时过年也顾不得回家。

不知不觉，十多年过去了。如今，我不仅工作小有成就，更重要的，每天下班回到家，哄哄孩子，陪陪老人，日子过得充实而欢愉。尤其，没事的时候，我就坐在电脑前码字玩儿，渐渐地，竟码出个“作家”的头衔。

忍住一份甜，就留住了一份欢喜，留住了一份美好，留住了一个幸福安然的人生。

梦想的高度

埃德出生于美国新哈勃郡山区一个穷困的农庄，但他从小喜欢画画，梦想长大后成为著名画家。

十七岁那年，埃德如愿考上美国最著名的美术大学之一的纽约大学。正当他沉浸于梦想的欢乐中时，却传来一个消息：因为没有足够的存款证明，他被取消上大学的资格。这消息，仿佛埃德刚刚拉上的帘幔，把阳光遮挡得严严实实，不透一丝光亮。

睡了三天三夜后，埃德迷迷糊糊中被一种声音惊醒，跟着，突然感到口干舌燥，于是起身去桌边倒水。伸手拿水壶时不小心碰到窗帘，顿时，一缕阳光照进房间，和着一群孩子们的欢笑声。埃德从窗缝里看见，孩子们正在玩爬高比赛的游戏。这让他想起小时候他和小伙伴玩这种游戏的场景。他端起水杯，走出房间，看孩子们做游戏。

上一轮比赛刚刚结束，孩子们围着胜利者欢呼雀跃了一阵子，接下来A队的约翰和B队的乔治上场了。“开始”的口令一响，约翰和乔治仿佛两头猎豹冲向前面的围墙，然后各自踩着A队和B队队员搭起的人梯往上爬。眼看乔治就要爬上围墙了，约翰因为太胖，人梯一次次被他踩塌了。情急之下，约翰跳上围墙旁边的垃圾桶，然后噌噌几下就爬上了围墙，并在围墙上插上了 A 队的小旗子。

这时，乔治也爬上了围墙，但他的小旗子还在腰带上别着。乔治并不认输，他说，约翰是踩着垃圾桶爬上来的，不算数。约翰却坚持自己的冠军地位。于是 A 队和 B 队开始争吵起来，吵着吵着，约翰和乔治就动手打了起来。这时，乔治的爷爷走了过来，他对乔治说，冠军就是约翰，因为你们比赛的是最后爬上的高度，所以没有人管你是踩着人梯上去的，还是踩着垃圾桶上去的。

孩子们开始下一轮比赛，埃德无心再看下去。他走回房间时，耳边仍然响着乔治的爷爷的话。他伸手拉开窗前的帘幔，明媚的阳光洒进房间，埃德心里从来没这么明亮过。从此，他开始在家埋头画画。

由于埃德家十分贫穷，加上农庄遭遇旱情，父母再也拿不出钱来给他买画画的颜料。一个偶然的机会，埃德听朋友说，美术大学的垃圾桶里都是学生们扔掉的画料。于是埃德背起画夹，跋山涉水来到纽约大学。他走进纽约大学的校长办公室，经过苦苦哀求，终于成为大学的一名清洁工。

埃德把垃圾桶里那些没用完的画料一一挑选出来，把它们当成宝贝一样拿回自己的房间，有的画料上面有脏乎乎的东西，而且很臭，埃德就用湿毛巾把它们一点一点擦掉，仿佛一个母亲清洗弄脏了手脚的孩子。

老天仿佛有意跟埃德过不去的，接连下起雨来，埃德的画纸用完了，垃圾桶里的都被淋成糨糊。这并没有难倒埃德。他找来一把刀片和一些不如意的旧画作，开始一点一点刮擦起上面的笔迹。有时，一张纸要三四个小时才能刮完，埃德却不急不躁，每刮好一片儿，他心里就无比欢喜，因为离梦想又近了一步。

几年后，大学举行学生画展比赛。趁评委不注意，埃德偷偷把自己的一张画作贴到展区一个不起眼的角落，他想趁这次机会检验一下自己的水平。当主持人宣布完一等奖的名字时，台下一片哗然，纷纷说，埃德是谁?

埃德有些羞涩地走上领奖台。主持人问他，是什么支撑你走上如此的高度? 这时，埃德耳边响起乔治爷爷的那句话。他说，一个人所能达到的高度，和你脚下所踩踏的是巨人的肩膀还是垃圾桶无关，而是你心中梦想的高度。

做一株匍匐的太阳花

院子里的太阳花才露出笑脸，便传来一阵“哇嗷”的啼哭声，可只响了一声，院子里就只有花开的声音了。村子里的人都说，这家准得遭殃。六个月后，这话一语成谶。

遭殃的是这家的娃儿。

一天，母亲抱着她在火炉边取暖，不慎将她跌进火炉。送进医院后，医生说，两条腿都得截掉才能保住性命。从此，她成了一个没有双脚的孩子。

随着年龄的增长，她渐渐发现自己和别人的不同。投向她的一双双异样的目光，常常变成凶神恶煞，把她从睡梦中吓醒。渐渐地，活泼开朗的她变得沉默寡言，有时待在屋里几天都不出门。闷了的时候，就“跑”进院子，对着那盆太阳花发呆。

后来，她做了母亲，不能再像从前那样一天天把自己关在屋里。于是她开始给自己制造能够行走的脚。她把一条破旧的裤子缝成一个布套，再用货车轮胎的内胎制作成一个皮套。然后，她先用裤子包裹住残缺的下肢，再用布套套住裤子，最后把皮套套在外面当鞋子。这样，她就可以靠膝盖跪着走路了。

可是，每次出门，她都觉得自己是一只过街老鼠，尽管极力躲避着人们的目光，可仍然仿佛有千万枚钢针刺扎在身上。一次，蹒跚学步的孩子闹着非要上街，她一气之下打了孩子一巴掌。为了这一巴掌，她一天没吃饭。孩子睡熟后，她“走”进院子，望着墙根边的菜园悄悄抹眼泪。

她忽而看见菜园里的太阳花，红、黄、粉、白、紫，匍匐着开成一片，和高高的菜花比起来，虽然显得低矮，但看起来却鹤立鸡群。顿时，紧紧压在她心口的那块石头仿佛松动了一些。她想，虽然太阳花不能像别的花那样亭亭而立，可它在地上依然努力生长，开放，依然可以给人们带来美好和芬芳。

晚上，她躺在床上却了无睡意，五彩缤纷的太阳花总在她的眼前晃动。她终于做出一个让人大跌眼镜的决定：她要像正常人一样，快快乐乐地活着。从此，她开始跪着纺布刺绣，跪着种菜养猪，跪着领孩子上街玩耍。

就在她沉浸在走出阴影的自豪和美好的生活中时，丈夫突然丢下她和孩子离家出走了。有人见她生活实在艰难，劝她上街乞讨，并说像她这样真正残疾又带个孩子，一定能引起人们的同情，收入一定很可观。

她却谢绝了人家的好意并暗自发誓，一定用残缺的双腿支撑起这个残破的家。于是，她开始跪着下地干活，跪着挖山开荒，跪着到几十公里以外的城镇买肥料……直到跪着把女儿送上嫁车。

接着，她又有了一个惊人之举，跪着跑到城里的一家木材厂去打工，好挣钱养活自己。每天工作之余，她和正常人一样，和工友们有说有笑，没有一丝儿自卑的影子。工友们被她感动了，纷纷称她为“坚强”姐，有人把她的事迹发到网上后，瞬间被网友疯转，甚至上了头条。

她叫胡凤莲，今年五十岁，是广西桂林龙胜各族自治县江底乡围子村塘心组人。

当记者问，“为什么不利用自己残缺的身体去博取人们的同情和捐助，而要让自己活得这么辛苦”时，胡凤莲说：“我虽然不能像正常人那样站着行走，可是我也要像太阳花那样，活出自己的色彩。”

是的，胡凤莲就是一株倔强的太阳花，匍匐着，把生命之花绽放得绚烂多姿！

小鸟衔来的春天

阳台上的花开了。一朵一朵，散发出淡淡的香味儿。

全是些野花儿。百日草，一串红，太阳花，牵牛花，油菜花，九里香……

——是小鸟衔来花籽，自己生长出来的。

和这些花儿结缘，缘于一个偶然的机会。

一个落雪的日子，去朋友家玩儿，她家的阳台上却花团锦簇，芳香四溢，仿佛镶嵌着一个春天。走出朋友的家门时，眼前仍然晃动着五颜六色的花儿，于是拐进花店，买来君子兰、茉莉花、风信子、文竹、海棠、杜鹃等，置放于阳台。

可是，一个星期后，花儿们便陆续颓靡，枯萎，直至死亡。我生气地把一个个空花盆堆放到阳台。

一天，窗外忽而传来啁啾啁啾的声音，犹如天籁。走向阳台，看见一只小鸟，站在花盆沿儿上，起劲地叫着。正听得迷醉，鸟儿扑棱起翅膀飞走了。我从厨房抓来一把小米撒进花盆。不大会儿，便有一只鸟飞来，又飞来一只，又飞来一只。吃饱后，鸟儿们并不走，在阳台上叽叽喳喳，仿佛在开一场演唱会。

从此，每天喂食小鸟成为我生活中一项不可或缺的事情。鸟儿也不负我望，每天都飞来阳台，即便雪花纷飞的日子，也能听到啁啾啁啾的天籁之音。

一抔米，换来一个莺歌燕舞的春天。这样欣喜地想着，脑海里浮泛出一些画面。

一次，去超市购物，碰巧店家搞活动并有幸抽了个三等奖，是一只精美的竹编提篮。我把购物袋放进提篮里，拎着回家。路过一个小卖部，女店主灼灼地望着提篮问我哪买的。看她极其喜欢的样子，我拎出方便袋，把提篮给了她。她才接过去，却又仿佛想起什么似的说，给了俺，您咋用？直到确定提篮于我是个累赘，她才笑眯眯地收下。

从此，每次路过小卖部，女店主都会远远地和我打招呼，俨然老朋友一般。有时买她的水果，她总是给我按批发价，“值不了几个钱的”，便白送。

一天，从菜市场回来，走到半路，装着几棒玉米的方便袋子被撑破了，玉米棒眼看要掉出来。正窘在那里不知如何是好，女店主远远地小跑过来，帮我将几棒玉米倒换到一个崭新的黑色方便袋里，再套上一个，一边套一边说，看它还怎么往外跑？

一件一文不值的赠品，却给我带来不尽的便利和好处。

那是一个流火的日子。中午十二点，我收拾好办公桌正要离开，一个客户急匆匆地跑进来，上气不接下气地说，我家离这里好几十里路，我要急着赶回去收麦，麻烦您给我办一下吧。我接过他手里的单据，朝他笑笑并示意他坐下后，重新打开电脑。用了不到半个钟头的时间，手续就办完了。客户感激着一再要请我吃饭，被我婉拒后，满含歉意地走了。

秋天的一天，这个客户又来到我办公室，肩上扛着一个鼓鼓囊囊的蛇皮袋子。他说袋子里装的是花生、地瓜、玉米啥的，自家地里种的，您别嫌弃。这以后，每年秋天，我都会收到一个装满散发着泥土香味的土产品的蛇皮袋子。

一个不经意的善举，却给我带来不是亲情胜似亲情的缕缕暖意和感动。

一个周末，闲在家里没事，划拉手机玩儿。在一个微信群里看到一篇亲情文，虽然文字有些生涩，但情真意浓，于是发了一段点评给他（她）。不大会儿，便有人@我，对我的点评深表感谢。

几天后的一天，我去另一个城市办事，回来时路上堵车，下来高速时已是半夜，我一个人站在那儿等出租车，既无聊又有些许惶恐，于是掏出手机把等车的场景和心情写下来并发到微信群。立马有人回复：老师，等着，我去接您。大约半个钟头后，一辆银色小车停在面前，一个女孩儿从玻璃窗里探出头来，不停地向我摆手，一边喊，老师——

原来，女孩儿是我点评过的那篇文章的作者，看到我发的信息后，硬是拉了男朋友一起来接我。

我说，没想到咱们在一个小城呀。女孩说，他们在J城。J城是另外一个城市，距离我所居的小城有好几十里的路程。怕我过意不去似的，女孩说，他们常常开车出来散心，跑得比这还远哩。

把我送到楼下后，女孩儿替我打开车门，然后下来车，看着我进了楼道，才驾车而去。

一句漫不经心的评语，将漆黑的夜点亮。

窗外，啁啾啁啾的声音响成一片。那盆小白菊开得正欢。百日草、一串红、太阳花、牵牛花、油菜花、九里香、蒲公英，以及那些叫不出名字的花儿们也不甘示弱，在灿烂的阳光里争奇斗艳。

幸运的是，每个人都可以利用指缝间遗落的米粒，喂养一只可以为我们衔来春天的小鸟。

美好永远在

儿子生日时，我给他买了双亚瑟士跑鞋。但他很少穿，舍不得。我问他亚瑟士有什么好，他说穿上后，脚上就像安了风火轮，并央求我再给他买一双。我拒绝了。

想起小时候的一件事。那时，我也和儿子这般大小，一次，我拉肚子，打针吃药都不管用，母亲不知从哪里讨来一个偏方，熬大枣红糖水，连喝十五天。那时，大枣和红糖都是无比珍贵的吃食，只有特别日子或过年时才能吃到。望着母亲端来的一碗大枣红糖水，我突然侥幸起自己拉肚子。可是，渐渐地，我开始讨厌起那种甜腻腻的味道，仿佛中药难以下咽。后来，一想起大枣和红糖就想吐。

我把这件事说给儿子，并告诉他，妈妈不是舍不得花钱，是怕你的生活里少了一份对美好的渴求和感受。可儿子不理解，说我找借口，并不时找碴儿治气。一天，因为一件小事儿子又跟我闹起来。我想了一下说，你不是喜欢吃炸地瓜丸子吗？从明天起，我天天给你做，如果一个星期后你仍然想吃炸地瓜丸子，我就给你买亚瑟士跑鞋。儿子愣愣地看了我一会儿，狐疑着说，妈妈，您说的是真的？见我点头，儿子高兴得蹦起来。

第一天，不等我把盘子放上桌，儿子就伸手捏起一个地瓜丸子放嘴里，吃吃哈哈咽下肚子，接着手又伸向盘子。不大会，一盘子地瓜丸子就见底了。第二天，儿子吃地瓜丸子的速度明显慢下来，吃到第三个的时候，他说，妈妈，今天的没昨天的好吃。第三天，我才把一盘地瓜丸子放到儿子面前，他便一把推开了。对它横眉冷对了一会儿后，很不情愿地把手伸向盘子。第四天，屋子里才飘出炸地瓜丸子的香味儿，儿子大声朝我喊：“妈妈，我不要亚瑟士了。”

我心里一阵窃喜，并趁机对他说：“亚瑟士跑鞋就像炸地瓜丸子，虽然穿着很舒服，但如果天天穿，就感觉不到它的好了。”我轻抚儿子的头接着说：“孩子，记住，生活或人生中的很多美好都如美味，多了，就不美了。所以聪明的人总是和它保持一定距离，这样，心里的那份渴望和美好就会永远在。”

儿子若有所思地点点头，说：“妈妈，我懂了。”欣喜之余，心想，成人也是这样的呀。

一片叶子一朵花

小时候，和别的孩子比起来，我显得特别笨。

见了大人我不知道喊什么，校园里的一排排树木我分不清哪是杨树，哪是槐树和梧桐。我甚至认不出那个穿黑褂子剪短头发的是男老师还是女老师。三年级的时候，我仍然不会系鞋带。我不爱和小伙伴打打闹闹，喜欢缩在没人的地方看课本。

渐渐地，我便成了同学眼中的异类，他们谁也不愿跟我一块玩儿，甚至不愿和我坐一个位。我觉得我就是《安徒生童话》里那只遭人厌弃的丑小鸭。我开始变得自卑起来，甚至害怕去学校，一有机会就找理由请假。

一次，学校举行文艺演出会，同学个个欢呼雀跃，踊跃报名，唱歌的唱歌，跳舞的跳舞，朗诵的朗诵，说笑话的说笑话，而我什么也不会。排练时，整个班就我一个闲人。我觉得我就是屋外那棵挺拔的杨树上斜逸到窗子的那束枝丫，遮明挡黑。

第二天，早晨，母亲喊我起床，我连忙用被子蒙住头，假装听不见。母亲走到我床边，把手放到我额头。我灵机一动，一声接一声地咳嗽起来。搁在平时，母亲一准会骂一句“小懒虫，别装了”，然后一把将被子掀掉。

那天，母亲没有骂我，也没有掀被子，而是柔柔和和地说，不想上学了是吧，赶快起床，吃完饭我带你出去玩儿。我高兴得一骨碌从床上爬起来，跟着，便又害怕起来，我不知道母亲葫芦里卖的什么药。

吃完饭，母亲说她要领我去看一种树。虽然我觉得树没有什么看头，却装出十分高兴的样子使劲点点头。一路上，我诚惶诚恐，母亲万一看出我说谎怎么办？她会不会狠狠训斥我一顿然后将我扔在半路上？我越想越怕，有想哭的冲动。

然而，母亲脸上一直笑微微的，说话时声音也柔和得很，仿佛我真的病了似的。我揪着的心慢慢放下来。我感受到了和煦的春风和阳光，听到了树枝上小鸟啁啾的叫声，我也喊喳着和母亲说起来。

初春的原野，显得异常空阔，清冷，点点绿意，似有若无，一会儿飞上树梢，一会儿撒落田野，可是，一朵花儿也没有。正要问母亲，母亲忽而指着前面的一个土坡说，看，多美的花儿。我抬眼望去，一株株树木仿佛一队队战士，傲然耸立于坡地上，树上开满一朵朵火红的小花，仿佛一只只红蝴蝶在树林里翩然而舞。我大跑过去，猛地愣住。母亲走过来后，我急急地说，妈妈，不是花，是叶。

母亲点点头，说，它们叫山麻杆，每棵山麻杆上都长有无数的叶片，每一片叶子所处的位置以及生长方向各不相同，但，每一片叶子都是一朵花。

母亲伸手将我揽到她怀里，摩挲着我的头发接着说，孩子，人也一样，每个人都有着各自的爱好或特长，但，只要朝着自己的方向努力生长，就会像山麻杆的叶子那样，粲然绽放成一朵花。

终于懂了母亲带我来田野看树的良苦用心，同时也深谙了“一片叶子一朵花”这句话所蕴含的深刻道理。从此，我从“自己是丑小鸭”的阴影里走出来，一心扑在我喜欢的课本里。随之，我的学习成绩蒸蒸日上，人也越来越阳光，自信。

多年后，当我拿到大学录取通知书时，我流着眼泪对母亲说，谢谢您，谢谢您的那句“一片叶子一朵花”的教诲，使得我这片叶子盛开成一朵绚丽的花儿。

你选哪堆糖

朋友来家里玩儿，两句话没说完，就又滔滔不绝地发起牢骚。内容大抵是，她工作如何如何努力，却不如谁谁谁混得好。她待婆婆如何如何好，婆婆对她却心存芥蒂。诸如此类。末了她愤愤地说，我一点儿不比别人笨，却不如人家过得幸福，到底为什么？

等朋友情绪稍稍平息后，我给她讲了我和身边的几个故事。

小时候，母亲每次买了糖果，花生或瓜子等零食，总是分成两堆。姐姐一堆，我一堆。每次，姐姐都说母亲偏心，分给我的那堆比她的多。后来，母亲再买回来好吃的，分好后便让姐姐先挑。

姐姐的目光在这堆和那堆之间来来回回地扫，总也拿不定主意。母亲便说，我数到三，再选不出来，就都是妹妹的了。姐姐连忙指着一堆说，我要这堆。接着，却又把手指转向另一堆说，我要那堆。而这时，我已经把“那堆”的东西放到嘴里了。姐姐便开始哭闹。而我一边咀嚼着或暄软香馥或酥脆甜润的美味儿，一边喜不自禁。

后来，我和姐姐便各有了一个外号。姐姐叫小机灵儿，我叫小糊涂虫儿。后来的后来，每当我和姐姐说起童年的快乐和幸福，姐姐总是瞪大了眼睛说，有那么夸张吗？每每此时，我便侥幸地想，幸亏我是个小糊涂虫儿。

虹和岚都是我的同事。她们在同一科室，坐对桌。可是，每次发工资，她们卡上的数字却相差甚远，虹总是比岚多，有时虹卡上的零头就能赶上岚的工资总额。并非岚在工作中偷懒耍滑，而是她一点儿不会算计，或者说，岚对自己所干的活儿总是糊里糊涂。而虹对公司的文件精神总是吃得特别透，哪样活儿白干，哪样活儿计价。哪样活儿钱多，哪样活儿钱少，她都了解得一清二楚。

虹在工作中总是有的放矢，哪样有钱干哪样，哪样钱多干哪样，出力无利的活儿，一律推给岚或其他同事。岚不但没有一丝儿怨气，而且常常感谢虹对她的信任。一次，总公司精减人员，民主评议打分时，岚以绝对的优势留在总公司，而虹被分流到一个偏远的支公司。

好姐妹慧和老公一见钟情，且有情人终成眷属。慧的婆婆却极力反对这门亲事，因为在慧之前，婆婆就有了意中的儿媳，所以平时对慧总是横挑鼻子竖挑眼。而慧每次总是摆出一副十分虔诚的表情听婆婆数落或道歉。这更加激怒了婆婆，她认为慧是在以这样的方式博得儿子的同情，进而联合起来对付自己。所以对慧更加排斥和烦恶，甚至想将她赶出家门。

一次，慧的生日，她请几个好姐妹去她家里吃饭。慧把饭菜端上桌后，喊婆婆吃饭。婆婆踱着方步走到桌前，坐下后，慧连忙递上筷子，并讨好地朝婆婆笑笑。

席间，婆婆眉飞色舞地夸赞起儿子，并说，当初追他的女孩儿都能排成一个连。婆婆突然斜了慧一眼，然后接着说，唉，我这儿子不知怎么的就瞎了眼。我不由得把目光转向慧，并示意慧忍着点儿，心却仍然往上揪着，要是她和婆婆吵起来的话，我们脸上也很没面子。

慧突然扑哧笑起来，妈，您那帅儿子的视力可是2.0呢，而且能穿到人心里去，他说将来我一准会对您好，这才同意把我娶回家的。婆婆一愣，接着仍然板起脸来，嘟哝了一句，我儿子有这么孝顺吗？但婆婆脸上的表情和说话的语气明显软和下来。我的心顿时放松下来，并对慧起了无限的敬佩之情。

朋友若有所思地望着我。我接着说，谁说过，人生本来就是糊涂的，快乐和幸福就藏在糊涂之中。一旦清醒了，可能所有的快乐和幸福也就随之烟消云散。所以当你感觉不到幸福的时候，或许因为太过清醒的缘故。这时，不妨让自己变得糊涂些，幸福便会不期而至。

感激杂草

有阵子，仿佛触着了霉运，不顺心的事情一件跟着一件，生命的弹簧终于被压得失去弹性，整个人便蔫巴巴的了。

一个周末，去郊外散心。走到一块田地边，便坐了下来。不知道什么时候，突然听见有人说，闺女，天黑了，快回家吧。抬头，是一个锄地的老农，肩上扛把锄头，正准备回家。这时我才发现，太阳早就落下山去了。

或许看出我的异样，老农蹲下身子说，是不是心里有事儿哇。接着从兜里掏出一支烟，大口大口地吸起来。

我连忙站起身来，准备离开。老农突然说，这人呀，有时候难免会遇上七七八八的烦心事儿，可有时候，这些烦心事儿，兴许会变成好事哩。就说这田地里的杂草吧。起初，每看到地里长出杂草，我心里就恨得慌。有一天我突然就明白过来了，就开始感激起杂草来。如果地里不长草，我就不会天天扛着锄头来锄地，是杂草让我把地锄得松松软软的，所以庄稼才会长得这么旺盛。

老农扔掉手里的烟头，接着说，我活到这个岁数，算是悟出来了，每样东西都有用途。像淘米水可以浇花，破砖烂瓦可以填地基……

回家的路上，耳边仍然响着老农的话，渐渐地，人便清清爽爽的了。心想，正如老农所说，一个个霉运或许正是生活的赐予，只要用一颗积极的心去面对，那些不好的事情就会转化为有价值有意义的东西，从而滋养并靓丽生命和人生。

这样想着，心里萌生出一股积极向上的力量，仿佛春天的小草，在生命的罅隙里葳蕤，葱茏。

一朵花有多大

小学五年级下半学期的时候，同桌小兰随父母转到别的城市上学。分别前，我想送给她一样礼物作纪念。

我苦苦想了一个星期，仍然没想起送什么。眼看剩下最后一天了，我让母亲帮我想想。母亲一连说了好几样，我都摇头拒绝了，我觉得那些礼物太轻，表达不了我对小兰的心意。

下午放学的时候，我仍然没想起合适的礼物，我急得眼泪都快出来了。母亲递给我一个她刚刚缝制好的沙包，让我给小兰送去。母亲说，沙包里装的是白芷、雄黄、艾叶、丁香等一些香料，不仅好闻，而且驱虫安神哩。

沙包是母亲用做衣服剩下的角料缝制的，用它作为留念礼物送人，我觉得有点儿难为情。我噘着嘴把手背到身后去。母亲也不劝我，将沙包放回筐里，便去忙她的了。我继续追着母亲闹。其实我是想让母亲领我去超市买一个包装精美的礼物，母亲心里也明白，可她就是不提那碴儿，我也不敢说。上次姐姐送同学礼物跟她要过，被狠狠训了一顿。

过了一会，母亲说，你和小兰平时最爱玩踢沙包，比起那些包装精美的礼物来，它要有意义得多。无奈之下，我拿起沙包向小兰家跑去。没想到，小兰喜欢得不得了，说，她妈妈不会缝沙包，她做梦都想有个自己的沙包。

那年，我喜欢上一个人，开始拼命打扮自己。一次，我打电话托在京城工作的小兰给我买几身最新潮的衣饰，小兰仿佛被吓着了似的，沉默了一会儿说，你要干吗？得知缘由后她竟然拒绝了我。我生气地挂断电话，不再理她。

小兰跟着就打过来，说，还记得那个香料沙包吗？它是我迄今为止收到的最不起眼的礼物，也是我最喜爱最珍贵的礼物。因为，附着在沙包上的美好记忆就像它散发出的香味，氤氲弥漫在我的生活里，绵延不绝。

小兰的话更加激起我对她的怨愤，不念旧情就算了，还大言不惭地在那儿煽情套近乎，一丝儿愧疚之意都没有。我才要挂断，小兰接着说，多亏了当年你送我那个香料沙包，如果也像别的同学那样是个精美包装盒的话，早被我扔到不知哪里去了。所以说，漂亮的外表不过是一时吸人眼球的昙花罢了，真正的爱情就像香料沙包一样，是靠灵魂的香气黏合在一起并维系下去的。

小兰的话一语点醒梦中人。从此，我开始把精力转移到提升内在的素养和气质上，为灵魂增色添香。

前些日子，小兰辞职回到家乡的小城，她得了一种十分难缠的病。怕她伤心，我迟迟拖延着没去看她。一天，在街上不期然遇见，我的心不由得抽搐了一下，那张曾如花似玉的脸，如今……要不是小兰叫我，我压根认不出她了。

小兰却如往日一样，眉开眼笑地说东说西。我打断她说，别再难为自己，想哭就哭吧。小兰仿佛没听见似的，对我灿然一笑，说，拜这场病所赐，我和红斑狼疮成了闺密。稍停，她和我说了下面的故事。

一天，我闲得无聊，便将治疗过程中积攒的一些治疗红斑狼疮的小经验以及颇具疗效的小偏方发到病友圈，好给那些有同样病的人带去一丝儿希望和安慰。没想到，一夜之间文章就被转疯了。

更出乎意料的是，老家一个当医生的伯伯不知从哪里看了我的那些文章，让我把它们好好整理一下。如今，我差不多快整理完了，拿给伯伯看，他说医院里就缺少这方面的实际案例和治疗经验，他要帮我出本书。

小兰换上一副严肃的表情接着说，最初得这个病的时候，我也挣扎过，也有过自暴自弃的念头，多亏了你送我的那个香料沙包，把我从歧路上拉了回来。

那天，我痛下决心，准备和生活做个了断，去抽屉拿纸笔时，一眼看见香料沙包，我拿在手里把玩着，儿时的一幕幕赫然出现在眼前，那条胡同，那条小河，那片枣林……人不知不觉便沉浸在快乐和幸福里了。晚上，我嗅着沙包的香气很快进入梦乡。我很久很久没体会过这样纯粹稳妥的快乐和幸福了。于是明白一个道理，心境好了，快乐和幸福就来了，其他什么都不重要。

小兰的手机铃声响起，她瞅一眼号码，说，病友约做瑜伽的，然后朝我摆摆手，急匆匆走了。

望着小兰洒满阳光的背影，想起曾看过的一个故事。

一天，禅师问一个极爱打扮的弟子，一朵花有多大？弟子说，有的如指头大，有的如拳头大，有的如巴掌大，顶大的，也不过脸盆大吧。

禅师又问，那花香有多大呢？弟子不解地说，花香怎么是多大呢？禅师说，我是问花香能传播多大的空间？弟子恍然大悟，说，有的可以溢满整个房间，有的可以溢满一个广场，如果有风，有的花香还可以传到几里地开外。

禅师再问，几里地有多少个脸盆大呢？末了，禅师意味深长地说，如果把花香比作花的心灵，那么，一个生命心灵的芬芳，永远比它漂亮的外表传播得更长远，影响得更深广。

小兰，或者说香料沙包，对这个故事做了最好的诠释和注脚。

愿风溯芒

陷入困境的时候，买来林清玄的书。

读了《心美，一切皆美》后，心便渐渐澄明，于是接着读了《情深，万象皆深》《境明，千里皆明》等，却发现一个有趣的现象：这些书的自序后面都写着“客寓”两个字，“外双溪客寓”“桥仔头客寓”“兴隆山庄客寓”等。

先生为什么把每一个地方都当成客居之地呢？后来，在他的一篇文章里找到答案。

先生在文章中说：“我觉得我的钱财、我的身体都不是我的，我住的地方当然也不是我的。这种‘客寓’指的是心情，一个人要时时保有这种客居的心情，才会活得潇洒、自在、没有挂虑。”

先生原本在一家报社做主编，为了逃避俗事的烦琐和劳累，他辞去体面的工作，客居到莺歌乡下一个叫桥仔头的小村。在那里，他过着比乡下人还朴素的日子。每天早上起床后便去后山散步，常常为路过一些花草植物欣喜不已，并像孩子一样在草地上奔跑，跳跃，或到溪边山坡捡一些纹理很美的鹅卵石。先生的穿着也随意得很。一次，途中遇一熟人，那人盯着他身上那件宽松肥大的衣衫上的中式扣子问他，您穿的衣服是买的还是做的？先生笑答，是太太的，舒适得很呢。

先生的饮食更是简单至极，常常是清水煮青菜，净是那些只有乡下人才吃的红凤菜、番薯叶等。先生说，只在上面洒一点麻油，就觉得滋味无穷。

先生住到乡下原本是为了避开凡俗的干扰，而事实上，乡下的生活比在台北更加让他感觉疲于奔命，不但要接受各电视电台访问，做各种演讲报告，还要为了出书和录音带的事情往返于台北和乡下之间。

先生陷于苦恼之中。

一个秋阳杲杲的日子，先生在后山散步，看到一片菅芒花，在贫瘠枯荒的原野摇曳着妩媚的身姿，彰显着无限生机和魅力。他的心念顿时沉潜到一种单纯专注的状态，心境也渐渐变得温暖而柔和起来。恍然中，先生感觉，芒花就是他，他就是芒花。先生是一个善悟的人，在他眼里，一株株挺拔的芒花就是一颗颗没有心机，落到哪里就在哪里生长的心灵。

从此，做一株菅芒花，成为先生的理想或信念。一年后，先生回到喧闹的台北。这时，他的心境亦如在乡下时一般清静了，感觉自己站在哪里，哪里就是一方净土。

先生是一个多产的作家，一个月就能出一本书，而在报刊杂志上还有一大堆专栏。而先生可用来写作的时间并不多，只是他异常勤奋罢了。他坚持每天至少写三千字，十几年如一日。先生对自己文字的要求亦是十分苛刻的，要字字句句，章章篇篇都得打动自己、打动读者才行。先生的创作范围更是广泛，只专栏就有十几家甚至更多。那么，他的题材以及创作源泉来自哪里呢？

先生一直有记笔记的习惯，读书、散步、看电视、逛公园、去寺院、听人谈话，凡有感触的地方他都会随时记录下来，等到“成熟”的时候再写成文章。有时候，这个成熟过程要好几年，先生却不急不躁，仿佛芒花，扎根于泥土，静待花开。

一九八八年，先生被评选为出版界年度风云人物。先生听到这个消息后，却诚惶诚恐，他说：“我实在配不上‘风云’这两个字。不过，我愿意做一缕‘和风’和‘柔云’，不要让人觉得有什么不同，一如人们不在乎风和云的存在。”

先生在文章中说，“愿是芒花，或是和风”。如今，先生的这一心愿得以实现。

是的，先生具有芒花一样的品格，穿最朴素的衣衫，吃最简单的饭菜，过无欲无求的生活，却用一颗欢喜的童心和执着的信念，摘下“当代中国散文八大家之一”“台湾最高产获奖最多的作家”等诸多花环。而先生的文字犹如一缕缕和风，拂拭着那些和芒花一样不喜明媚，不悲卑微的心灵。

愿风溯芒！